대한문인협회 서울지회 동인문집

들꽃처럼

제4집

시음사
시사랑음악사랑

발간사

2020년은 코로나19 사태라는 초유의 사태가 우리의 일상을 송두리째 무너뜨렸습니다. 이러한 사태가 하루 이틀이 아니라 장기간 지속됨에 따라, 우리 사회는 비대면 사회로 고착화되어 가고 있습니다. 시 창작을 비롯한 문학 행위는 비대면 작업으로 좋은 작품을 생산할 수 있는 특성을 가지고 있으므로 이를 기회로 활용하면 좋겠다는 생각이 들었습니다.

대한문인협회 서울지회에서는 위축될 창작의지를 고취시키고, 문학인으로써 인간관계를 지속하면서 좋은 작품을 발표할 수 있는 장(場)를 마련하기 위해 동인지『들꽃처럼 제4집』발간을 추진하기로 정했습니다. 처음 아이디어를 꺼낼 때만 해도 갈 길이 험난하겠다고 생각했는데 임원들의 적극적인 추진과 회원님들의 호응으로 결실을 보게 되어 기쁩니다.

이런 가운데도 어려움도 있었습니다. 짧은 기간에 많은 작품을 접수 받고 편집하는 일이 쉽지 않았습니다. 물론 신청 요령에 따라 잘 해주신 분들이 대부분이지만 또 사정에 의해 그렇지 못한 분들을 설득하고 조율하는 과정이 힘들고 시간도 오래 걸렸습니다. 작품의 게재순도 등단 순으로 하고 싶었으나, 등단연도 파악과 등단연도가 같을 경우 처리 방안에 어려움이 있어 가나다 순으로 했습니다. 또 연말 송년회 때 동인지를 드리고 싶었으나 송년회 일정이 앞당겨지고 원고 조율 과정이 길어지므로 발간이 다소 지연된 점이 아쉽습니다.

『들꽃처럼 제4집』발간을 위해 지원을 아끼지 않으신 김락호 이사장님께 감사드리고, 조용히 뒤에서 물심양면으로 지원을 아끼지 않으신 문우님들께도 감사를 드립니다. 동인지가 나오기까지 편집을 맡은 백승운 사무국장님, 참여 독려와 홍보를 맡은 이민숙 국장님과 장용순 기획국장님, 그리고 참가비 등 회계를 맡은 장선희 국장님의 노고에도 감사를 드립니다.

우리 서울지회는 무궁한 발전이 기대됩니다. 지원과 협력을 아끼지 않으신 문우님들과 열정적이고 헌신적인 임원진이 서울지회를 이끌어가는 두 바퀴입니다. 저 또한 이러한 힘을 믿고 서울지회 발전을 위해 최선을 다하겠습니다.
서울지회 문우님들 모두 건강하시고 건필을 빕니다.

대한문인협회 서울지회 지회장 곽종철

■ 목 차 ■

■ 목 차 ■

■ 목 차 ■

시인 강고진

<작품목록>
1. 코스모스 향기
2. 가을 하늘
3. 칼 그림자
4. 늘 솔길

▶ 〈약력〉

대한문학세계 시 부문 등단

(사)창작문학예술인협의회 회원

대한문인협회 서울지회 정회원

동인지 서향과 동향 16년 2월

동인지 청일문학 18년 2월

동인지 푸른문학 19년 6월

코스모스 향기 / 강고진

가을날엔 길가 어디고
화려하게 피어 흔들며
손짓하고 유혹하는 꽃

바람에 솔솔 향기를
내어 지나가는 길손을
잠시 멈추게 한다

바람에 실린 향기 좋다
코스모스 예쁘게도 피어
하늘하늘 춤을 춘다네

가을에 상징 코스모스
손으로 보듬어 만져보니
꽃향기에 취하게 하는구나

빨강 파랑 노랑 갖가지
색으로 치장하고
노란 꽃술 지닌 꽃이여라

가을 하늘 / 강고진

파랗게 펼쳐진 가을 하늘
넋 놓으며 보고 있으려니
흰 구름 한두 점 떠 있어
신비스럽고 멋스럽다

마음 한편 상쾌함이
밀려오고 파랗게 어우러진
가을 하늘에 눈으로
수채화를 그려본다

잠자리 떼 수놓은 파란 하늘
감상에 젖어 보고 있으려니
옛 동무와 뛰어놀던
그 옛날이 그려진다

창공 높이 펼쳐진 하늘 보며
만끽하고 파란 하늘에
아름답고 고운 그림
그려 놓고 감상하고 싶어지누나

칼 그림자 / 강고진

사랑방 뒤 곁 울타리 사이로
움직이는 댓잎 이파리
바람결에 사그락사그락

바람 타고 들려오는 댓잎 소리
흔들리어 칼부림 소리가
들려오는 듯하다

그림자 스쳐 흔들리고
댓잎 휘리릭 날리어 놀란
이파리 그림자에 스쳐 우는 듯

칼싸움하는 야인이듯 시
휘젓는 칼부림 소리 들린다
사사 삭 댓잎 이파리
아시시 무섭게 들려오는구나

늘 솔길 / 강고진

해찬솔 빛나는 봄날
물비늘 햇빛에 반사되어
머물고 포근한 해 질 녘

해윰을 되뇌며
쪽빛 하늘 나에게로
빛나는 날 하 제 그대와

늘해랑 멋진 모습에 마음
주며 그린 나래를 펴고
노닐고 싶은 기분이라

아련한 마음으로
보듬어 주며 영원히 함께
하고 싶은 그대와
늘 솔길 거닐고 싶어라

시인 강순옥

<작품목록>
1. 봄비
2. 우리 엄마
3. 추석
4. 가을이 참 좋다

▶ 〈약력〉

대한문학세계 시 부문 등단 (2017년)
(사)창작문학예술인협의회 회원
대한문인협회 서울지회 정회원

2018년 명인명시 특선시인선 선정
2018년 짧은 시 짓기 동상
2018년 한국문학 발전상

2020년 박영애 시낭송 모음 8집 시 마음으로 읽다 참여
2020년 유화로 보는 명인명시선 참여
2020년 10월 금주시 선정

봄비 / 강순옥

자작자작 한사코
스며드는 소리

못다 핀 꽃 한 송이
가슴에 안아

화려한 날갯짓을
펼쳐주려나

마음마저 들어와
적셔 주려나.

우리 엄마 / 강순옥

아야 허리 좀
밟아봐라
거기 거기다

밤새 끙끙
앓으신 어머니

중년이 되어 보니
이제야 알 것 같습니다

삶의
무지갯빛
무게만큼이나

뼈마디 마디가
아프다고 외칩니다

오늘도
비가 오려나
우리 엄마 넋두리.

추석 / 강순옥

딩동
오가는 정이
초인종 울릴 때마다
송편 한 접시씩 들어온다

스마트폰
카톡 부를 때마다
중추가절 덕담이
소복소복 한가위 덤 쌓인다

영혼의 기쁨 채워가듯
황금 들녘 익히는 햇살처럼

이웃과
오가는 정담이
보름달 소원인가 보다

가을이 참 좋다 / 강순옥

뜨락에 곱게 내려
말을 건네온 가을의
숨결 소리가 참 좋다

바스락바스락
꽃잎 길 찾은 그리움이
하늘 뜻 옴이 참 좋다

허전한 마음 채워주는
꽃잎 향기 추억들이
알알이 맺어 오곡백과
손길 바빠도 참 좋다

누가 이 가을을
가져다 놓았을까
마른 꽃잎에 웃음 쏟아낸다.

시인 곽종철

▶ 〈약력〉
대한문학세계 시 부문 등단(2011년)
(사)창작문학예술인협의회 회원
대한문인협회 서울지회장
대한문인협회 한국문학 예술인 금상
베스트셀러 작가상 등 수상
〈시집〉『마음을 흔드는 잔잔한 울림』『물음표에 피는 꽃』
『빨간 날이 365일인데』『바람은 길이 없다』
〈공동 시집〉『들꽃처럼 2, 3집』 등 다수.

▶ 〈시작 노트〉
시심은 순수하고 맑은 것이라고 한다. 세상의 온갖 더러움에 물들지 않아야 한다는 것이다. 그러나 어떤 이유로든 세상과 관계를 맺고 살아갈 수밖에 없는 것도 사실이다. 아마 여기에서 순수성은 세상 물정을 모르는 순진함보다는 겸허와 관용, 개방성을 갖고 세상의 모습을 바라보는 마음일 것이다. 이러한 마음이 시에 투영된다면 독자들에게 감동을 주는 옥동자가 탄생할 것이라 믿는다. 그러나 세상을 살다 보니 이러한 마음가짐이 가물가물해진다. 때로는 세상에 너무 익숙해지기도 하고, 자만에 빠져 건방지기도 한 것 같아 부끄럽기도 하다. 이럴 때마다 나 자신을 다잡는다. 내 시 한 편이라도 독자들에게 감동을 주고 마음을 어루만질 수 있다면 좋겠다. 시인으로서의 자존감을 지키고 세상의 변화에도 언제나 귀 기울여야겠다.

내 삶을 물으면 / 곽종철

때로는 웃고
때로는 울었지
생각해 보면
울은 날이 더 많았다고.

너무 아프고 힘들어
때로는 자포자기해
모든 것을 내려놓고 싶었지만
담장이를 바라보며 변했다고.

손잡을 데 없는 높은 담벼락
어디라도 기어오르는 집념
보이기 싫은 곳은 감싸주고
쉴 곳도 내어 주는
그런 삶을 그대처럼 살겠다고.

충만한 열매를 맺기 위해
숨 막히는 나날이라도
주저앉아 뒹굴기보다
쉼 없이 오르고 또 오르리라.

일상의 탈출(脫出) / 곽종철

코로나가 일상에 재를 뿌려
따분하고 답답할 땐
너그럽게 반겨줄 곳을 찾는다.
고요한 적막을 깨고
목청껏 외치며 인사하는 까마귀,
나뭇가지 사이로 날아다니며
재롱떠는 박새, 곤줄박이들,
먼지처럼 쌓인 잡념을 털어 내준다.

저렇게 살아있음을
얼굴 안 붉히고 온몸으로 보여주며
남을 타박하지 않는 무리를 보면
맥없이 흐트러진 일상도
정신이 번쩍 들어 바르게 추슬러진다.
시들었던 용기(勇氣)도 되살아난다.
우리에게 깨우침을 주기도 하고
절망을 희망으로 바꿔주기도 한다.
그들은 그런 마력(魔力)을 가졌나 봐.

정이품송 장자 목(木) / 곽종철

인간도 생각지 못한
번뜩이는 지혜로 벼슬을 얻고
그 명예가 역사의 꽃이 되어
대(代)를 이어 빛날 것 같구나.
세상이 바뀌도 몇 번이나 바뀐 세상에
어떻게 장자 목이 태어날 수 있을까.
아빠의 힘도 엄마의 힘도 아닐 텐데,
과학기술로 이룬 쾌거이겠지.
궁금한 것은 못 참는다는 인간들,
옆에 두고 그런 재주 또 보고 싶었나.
될 성싶은 나무는 떡잎부터 다르다더니
씩씩한 기상에 당찬 풍모가 남다르구나.
푸른 하늘을 향해 무럭무럭 자라니
이번에는
혼돈의 세상을 헤쳐나갈
무슨 절묘한 지혜를 발휘해줄 것 같구나.
간절한 바람으로 두 손을 모은다.

안부 전화 / 곽종철

코로나 19로 고향을 못 가니
아버지 어머니께
전화를 드려야지!
전화번호가 생각 안 난다
연락처 검색을 해보지만 없다
여기저기 메모장을 찾아도 없다
동생들에게 전화해 본다
전화를 받지 않는다
한참 분산을 떨다가 잠을 깬다
한바탕 꿈이다, 허전하구나.
저세상과의 통화,
가당키나 한 일일까.

시인 김명시

<작품목록>
1. 생일
2. 육순
3. 가시나요
4. 재갈

▶ 〈약력〉

(사)창작문학예술인협의회 회원

대한문인협회 서울지회 정회원

2015년 대한문학세계 시 부문 등단

2016년 한국문학 향토문학상

2017년 현대시를 대표하는 "명인명시 특선시인선" 선정

2020년 고려대학교 평생교육원 시 창작과정 금주의 장원

생일 / 김명시

우암산 기슭
폭염이 내리쬐는
양철 지붕 아래
우암의 정기를 받고 태어났습니다

소처럼 부지런하고 우직하게
바위처럼 굳세고 강건하게

청풍명월 풍류를 타고
무심천 청류를 따라서

금과옥조 명언을 시에 담아
인생을 물결처럼 살아가는 나그네

시인 김명시가 십우도에 실려
오늘 태어났습니다

벗들이 축하해 주고
작열하는 빛이 온몸을 감싸니
탄생의 기쁨과 감사의 마음이 하늘에 닿았습니다.

육순 / 김명시

어둡고 깊은 바닷속에 빠져 허우적거릴 때
꼭 끌어안고 숨통을 열어 주셔서 겨우 살아났습니다
어머니 감사합니다

먹을 것 없고 추워 잠잘 곳 없이 오들거릴 때
집 지어 주시고 따듯이 불 때 주셔서
어깨를 펼 수 있었습니다
아버지 감사합니다

일월성신 뜨고 지고
비구름 바람 휘몰아쳐 혼란스러울 때
바른길로 이끌어 주셔서
평화롭게 살 수 있었습니다
주님 감사합니다

하나 둘 셋 자라나
열 서른 육십에 이르니
세상 온갖 일이 순조로워지고

때때로 형제자매 함께 담소를 나누며
제철 음식을 즐길 수 있으니
생명의 멋과 기쁨이 느껴집니다.

가시나요 / 김명시

모두 떠나고
홍시 하나 달랑
아찔한 공중그네를 타고 있습니다

창공에 구름 한 조각
잠시 머물다
말없이 스쳐 가고

어제 놀던 색동 잎도
갈바람 따라 나풀대며
아찔하게 바라춤을 춥니다

길 잃은
까마귀 한 마리
슬며시 다가와 앉아
검은 부리를 쪼아대고

앙상한 가지 붙든 채
파르르 요동치는 심장은
된서리에 움츠러듭니다

앙상히 마른 가슴
뒹구는 낙엽 따라
가을바람에 실려 휘돌아 나갑니다.

재갈 / 김명시

말이 많아서
헛말이 되어 사라진 게
얼마나 많은지 모른다

말소리가 커서
거칠게 뿜어내다 조화를 깨뜨린 건
얼마나 많은지 분간이 안 된다

말끝이 길어서
질질 끌리며 사방에 먼지를 피워낸 일은
얼마나 많은지 눈앞이 자욱하다

말이 말 같지 않아서
이해와 소통을 어렵게 한 적이
얼마나 많은지 가슴이 무겁다

님의 침묵 속에
헛말일랑 묻어 두고

고요한 정자에 들어
떨어지는 낙조에 잠긴다.

시인 김미영

<작품목록>
1. 짝사랑
2. 추억
3. 버리기
4. 당신은 늘 그리움이었어

▶ 〈약력〉

대한문학세계 시 부분 등단

(사)창작문학예술인협의회 회원

대한 문인협회 서울지회 정회원

문학포털강건 정회원 월간시선지 계간지 참여

시를 꿈꾸다 동인지 1집 2집

▶ 〈시작 노트〉

시월이 오면 무언가 이루어질 것 같아 기대를 했다

시월은 누구에게나 기다림을 주는 거겠지

막연한 기대감은 아니지만,

그런 시월을 보내고 11월이다

길을 떠났던 내 생각들이

무사히 내게로 좋은 소식 갖고

돌아오기를 바래본다.

짝사랑 / 김미영

붉은 꽃잎이 얼굴에 피어
가슴은 숨을 쉴 수 없는 지경

붉은 노을보다 더 발개진 얼굴
심장은 힘들어 지쳐버린

하염없이 바라보던 슬픈 눈
알 듯 말 듯 한 너의 눈

오월
아카시아 꽃향기가 날리던 날

눈물이 강물이 되고
물거품으로 영혼이 사라진 그 날.

추억 / 김미영

겨울 나그네 되어 떠나는 뒷모습
쓸쓸해 보였습니다
가지 위에 새도 외로움에 파르르

안녕(Good Bye)하며 떠났던 그대가
이리도 사무치게 보고 싶어
그리움은 빗물이 되었습니다

추억만의 사랑과 걸었던
오월의 교정은
이팝나무에 살포시 내린 하얀 눈꽃으로

아마도(maybe)
우린 서로 같은 곳을 바라보고
있지 않을까요.

버리기 / 김미영

보내야 할 것은
보내야 하는 것을
알면서도
하지 못하고

잊어야 하는 것도
마음이 아파도 잊어야 함을
알아도 하지 못함은
미련을 떨구지 못해서다

머릿속에서 내려놓지 못하고
가슴속에 담고 있는 모든 것도
비워야 함을 알면서도 하지 못함은
자신을 사랑하지 못하고 괴롭히는 일

살아가면서 생기는 크고 작은 일
마음에 조금만 담고
머릿속에서 지우고
나를 더 사랑하기.

당신은 늘 그리움이었어 / 김미영

가을바람이 내 옆을 스칠 때면
당신이 생각나,
시린 마음이 가득해
먼 산만 바라보았어

당신을 기다리는 건
늘 내 몫이었나 봐
처음 만날 때 기억해?
시월의 가을이었어

모퉁이를 도는데
감나무가 바람에 사그락
그 찰나의 순간에
쓸쓸함 외로움 그리움

느껴지는 생생함
잊을 수 없어
당신으로 인해 생겨난 것들
무디어질 만도 한데…

당신은 늘 그리움이었어.

시인 김복환

<작품목록>
1. 비에 젖는 꽃도 있다
2. 바다를 타다
3. 바다의 향연
4. 난전에서 그리움을 마시다

▶ 〈약력〉

대한문예 〈상념〉 등단

(사)창작문학예술인협의회 회원

대한문인협회 서울지회 정회원

▶ 〈시작 노트〉

내 팔자에 임수(壬水)가 있는 모양이다.

나는 바다가 좋고 물이 좋다. 마시는 곡수도 좋다.

바다, 강, 호수, 시냇물, 있는 것들이 나에게는 시작 재료이기도 하다.

비에 젖는 꽃도 있다 / 김복환

고운 호흡 내려놓고
젖은 가슴 열어
떨리는 손끝을 부른다.

흰 살 한껏 만개하여
기어이 눈길을 훔치고야 마는
그 자만심.

내 가는 길 멀다 하여
바쁜 결의에도
불량한 유혹이다.

비는 하늘에서 내리는데
걸음은 주저하고 있다.

바다를 타다 / 김복환

흔들리는 것에
눈을 싣고 흔들려야지.

밀려가는 것에
세월을 얹어
어딘지 모른 곳에 합류해야지.

부딪혀 산산조각 나는 곳에
미련스런 미련을 동승시켜야지.

버티다 못해 깨진 몽돌은
같은 슬픔을 지닌 것들로
파도를 타고 합창을 한다.

바다의 향연 / 김복환

먼 눈.
수평선에 던져 놓고
길게 따라가다
구름에 올린다.

은빛 향연
눈부신 너울에
접힌 마음 펼치면
길 떠난 보상이 될 듯하다.

발밑으로 덤벼드는
오랜 아우성은
내 발목을 노리고 쉼도 없이 내뱉는다.

세월에 순응한 모래는
지운 흔적조차 또 지우며
자락 자락
허무에 몸을 던지고 있다.

손에 든 커피가 무겁다.

난전에서 그리움을 마시다 / 김복환

그리움 한 점.
눈물 한 방울.
소주 한 잔.

매웠던 시간이
가는 쇠 줄기에 걸쳐
휘젓는 가슴에 담긴다.

갈증은
추억으로 부르고
남은 눈은
잔의 깊이에 외로움을 잰다.

처연해진 혼탁함에
몰락해 가는 招魂.

날갯짓의 소망은
주제도 모르고
오늘도 편다.

시인 김영수

<작품목록>
1. 백색소음
2. 비애
3. 은방울 꽃
4. 천불동 단풍

▶ 〈약력〉

대한문학세계 시 부문 등단

(사)창작문학예술인협의회 회원

대한문인협회 서울지회 정회원

대한문인협회 2018년 12월 셋째주 금주의 시 선정

▶ 〈시작 노트〉

김영수 - 공감으로 영혼 안아주기 - 중에서

꽃의 언어는 가슴에 있고

나비의 언어는 머릿속에 있지요

꽃은 공감을 원하지만

나비는 사실을 이야기하지요

꽃은 감성을 풀어내는 가슴이요

나비는 사실을 담는 머리랍니다

꽃은 감성을 푸는 배려가 부족하고

나비는 감성을 읽는 가슴이 부족하지만

그러나 상대의 말에 공감해주는 것은

그의 영혼을 안아주는 것이랍니다

백색소음 / 김영수

오 그대여!
나의 벗이 되어다오
눈 내리는 밤은
소리 없이 소복이 쌓여서
그대 품에 묻히게 해다오

맑은 햇살이 비치는
아침이 되면 나에게
졸졸졸 흐르는 물소리와
아름다운 노래 부르는 새가
하늘을 나는 소리도 들려다오

조용히 안개가 되어
숲속 모두를 가리다가
햇살이 가득히 내리면
미련 없이 사라지고
맑은 솔향기에 취하게 해다오

물이 흐르는 골짜기에
모락모락 피어나는
물의 입김으로 밥을 짓고
나무와 하루에 일어난 일을
명상으로 대화하게 해다오

비애 / 김영수

칠흑같이 어두운 밤, 비는 내리고
가슴을 파고드는 허전한 바람 소리
마음이 무거운 비가 내린다
서리서리 서럽게 비가 내린다

누가 비를 오라 한 것도 아니요
빗소리 들으라 깨운 것도 아니다
누가 나더러 서럽다 한 것도 아닌데
내 마음은 왜 이렇게 허전한 것이냐

제 인생 지가 사는데 어쩌자고
나 홀로 불면의 밤을 지새우고
온몸으로 느끼는 싸늘한 비애는
내 마음에 추적추적 비를 내린다.

은방울 꽃 / 김영수

숲속 파란 대문
요정들의 집에서
동그란 숨결이
또르르 또르르
창문을 두드리고

초록별 방울 주머니에
밤새워 희망을 채우고
아침 이슬처럼
또로 롱, 또로 롱
행복한 웃음소리

청사초롱 불 밝히고
대롱대롱 행복의 문으로
폴짝
요정들이 내려왔다
은방울꽃이 피었다

천불동 단풍 / 김영수

설악산에 가을이 깊어지니
그리움이 쌓여 사무치는가
누구의 속을 태우기에
저렇게 붉게 타는 것이냐?

내 속이 타는데
네가 왜 좋아하고
네 속을 태우는데
나는 또, 왜 좋은 것이냐?
천불동에서는 모두가 미쳤구나

천불동아!
천불동아!
어미 아비 속 좀 그만 태워라
그러다 설악산이 다 타버릴라

시인 김정순

<작품목록>
1. 가을에는
2. 당신 그리움에
3. 구절초 피어날 때
4. 봄은 그렇게

▶ 〈약력〉
대한문학세계 시 부문 등단
(사) 창작문학예술인협의회 회원
대한문인협회 서울지회 정회원
(사) 종합문예유성 글로벌 문예협회 정회원
(사) 종합문예유성 서울북부지부 정회원

▶ 〈시작 노트〉
아! 가을 가을 가을이 되면
그립다 가는 것들이 서럽도록 그리워
쓸쓸히 나뒹구는 낙엽위에
그리움들을 하나하나 적어본다.
삭풍이 불어오면 어찌할 수 없는 그 쓸쓸함이
따뜻한 찻잔에 그리움 서성이겠지!
그리고 들꽃 흐드러지게 피어날
찬란한 봄은 또 그렇게 올 것이다.

가을에는 / 김정순

고요한 숲 그림 같은 방죽에
물안개 살포시 피어오르고
사물놀이 하는 소금쟁이의
춤추는 연꽃을 보고 싶소

이슬 머금은 꽃잎에
속삭이는 햇살같이
푸근한 그대의 가슴같이
봄 여름 지나 가을에 안겨도
숲은 향기롭소

산들바람에 톡톡 떨어져
자르르 윤기 흐르는 알밤에
그리움 하나 새겨 가을을 줍는
시인이 되어 볼 테요

아름다운 단풍길 곱게 물든
어느 가을날 하루쯤은
그대가 부르다 만 노래를 부르며
낙엽이 쌓인 길을 걸어 볼 테요.

당신 그리움에 / 김정순

저 높은 하늘에
슬픔 한 자락이 깔려
소리 없는 그리움이 흐릅니다

어디서 왔다가
어디로 가는 것일까?
가려진 계절 사이로 흐려진
그리움의 몸짓이 애 닳습니다

곱게 물들어 가는 가슴에
햇살 한 줌으로
그립다 가는 것들의 흔적이
나를 울게 합니다

어둠이 내린 창밖에
슬픈 입술을 깨무는 바람이
눈먼 그리움의 속삭임에
또 당신을 그리워하나 봅니다.

구절초 피어날 때 / 김정순

갈바람 불어오는 구월에는
달보다 희고 별보다 고운
그대를 기다립니다

이파리가 쑥을 닮아서일까?
소담스러운 구절초 꽃은
당신 냄새 같은 향기가 납니다

내가 기다리는
순백의 곱디고운 임은
솔향 가득 머금은
솔숲 아래로 온다고 했으니

소나무 어깨 툭 치고 온 바람이
그대 소식 전해오면
주저 없이 설레는 맘으로

송이송이 하얀 꽃송이
눈부신 자태
고운 얼굴 보러 가리다.

봄은 그렇게 / 김정순

한풍에 나신 되어
천진한 웃음소리
살아진 놀이터에는
철새들이 그네를 타고
옹알이를 풀어 놓는다

훈풍에 민낯으로
그리움 잉태한 너
양지바른 곳 따라
해맑은 얼굴로
살포시 눈망울 터트릴 때

초롱초롱한 눈빛 하나 둘
아기 손 꼼지락거리듯
찬란한 봄은 그렇게
오고 있을 것이다.

시인 김정희

<작품목록>
1. 부치지 못한 편지
2. 인사동 연가
3. 애련
4. 아름다운 인연

▶ 〈약력〉
대한문학세계 시 부문 등단
대한문인협회 상벌위원장 (전), 대한문인협회 서울지회장 (전),
대한문화예술인금상 수상, 올해의 시인상 수상, 특별공로상 수상
현대시 100주년 기념 시화전 참가 외 다수
대한창작문예대학 졸업 작품 경연대회 금상 수상
명인명시 특선시인선 3년 연속 선정 〈2015년~ 2017년〉
특별 초대 시화 작품집 〈유화에 시의 영혼을 담다〉 공저
동인문집 〈들꽃처럼 2집 3집〉 공저
대한창작문예대학 졸업 작품집 비포장길 공저

부치지 못한 편지 / 김정희

해거름 쓸쓸함은 나뭇가지에 매달리고
허기진 마음이 바람을 향해 손짓했다

가슴 가득 채워 놓은 쓸쓸한 언어는
아슴아슴 피어나는 그리움 되어
길모퉁이 찻집에 앉아 편지를 썼다

커다란 우체통 앞에서
깨알 같은 사연을 만지작거리다가
너를 향한 내 마음을 넣었다

어둠이 내게로 와 체념을 깨우치고
또다시 깊어 가는 밤바람에
시름은 총총걸음을 재촉했다

고독한 어둠에 불을 켜고
차마 보내지 못한 편지를 꺼내 읽다가
천천히 아주 천천히 찢고 만다.

인사동 연가 / 김정희

첫눈 내리는 인사동
어느 찻집 모퉁이에 그대를 두고
홀로 걷는 쓸쓸한 걸음에 밟히는 얼굴

찬바람은 가슴을 파고드는데
자존심 때문에 누구냐고 묻지 못한 착잡함이
갈지자를 그린다.

잡지도 못하고 놓지도 못하는 미련 앞에
흩날리는 눈발은 왜 이리 쓸쓸한가?

나란히 걷고 싶던 마음 닫아 둔 채
이젠 정녕 떠나려는 이 마음을 그대 모르는가?

글썽이는 눈물에 어리는
바람에 춤추는 포장마차 백열등
텅 빈 마음 어찌 알고 나를 이끄는가?

애련 / 김정희

산울타리 정겨운 고향 집에 와 보니
넓었던 뜰은 좁게 보이고 모든 것은 낡고 허전한 채
여년 묵어 먼지 쌓인 채반에 담긴 그리움이
선반에 걸터앉아 옛이야기 한다

자고 새면 농사일로 쉴 틈 없으시던
가장의 멍에가 버거웠으련만
단 한 번도 힘들다 내색하지 않으시고
대쪽 같은 성품으로 평생을 살아가셨다

절대적 위엄의 대상이었던 호랑이 같던 아버지
돌멩이보다 작은 암 덩어리 하나에
모진 고통 당하시다 세상 떠나시던 날
파랗던 하늘빛이 노래졌었다

헛간 가득 손때 묻은 흔적의 농기구가 남아 있거늘
손수 지으신 집이 서서히 허물어져 가도
벽에 걸린 사진 속 아버지의 근엄한 표정뿐
가슴에 사무쳐 불러보아도 그리움만 허공에 흩어져 간다

아름다운 인연 / 김정희

어디에서 어떤 삶을 살다 왔는지
나이와 삶의 모습은 다르건만
같은 꿈을 꾸는 우리의 만남은
우연일까? 필연일까?

자음 모음을 씨실과 날실 삼아
은유 비유 함축의 절제된 잣대를 들고
시를 짓는 낡은 베틀 앞에 앉은 모습이 흡사 닮았다.

심금을 울리는 진솔한 언어로
마음을 감싸는 시 한 편 지을 수 있다면
밤을 새워도 좋을 주단을 짜 보자.

아주 먼 훗날에도 서로를 돌아보며
한 땀 한 땀 수를 놓은 작은 손수건으로
시린 눈물을 닦아 줄 벗이 되고 싶다.

시인 김종태

▶ 〈약력〉
대한문학세계 시 부문 등단
(사)창작문학예술인협의회 회원
대한문인협회 서울지회 정회원
대한창작문예대학 졸업
문예창작 지도자 자격 취득

〈공저〉 꽃·씨·한·톨, 가자 詩 가꾸러

▶ 〈시작 노트〉
넘어지면 다시 일어나
한 길로 지나온 길
길섶에 서서 저녁노을을 바라본다
남은 길은 쉬엄쉬엄 주위도 보고
사랑을 감추지 않고
더 많은 사람을 만나
예상치 못한 느낌과 마음까지
시화(詩畫)에 담아
소중히 간직하면서 쌓고 싶다.

등대 / 김종태

어젯밤도 밤새 어둠 속에서
번뜩번뜩 과거를 비춘다

산더미 같은 파도가 몰아쳐
거품으로 뒤덮을 때마다
정신을 잃다가 다른 파도에
겨우 중심을 잡는다

불길이 길길이 날뛰며 들이닥치고
내 뿜는 연기 속에 갇힌다
미련스러워 쓰러질 줄도 모르고
꿈틀대며 바닥을 긴다

춥다, 춥고 아프다
그 저릿저릿 통증 중에
머릿속에는 온통 하나의 생각뿐
'살아야 한다'
'살아서 등대가 되어야 한다'

물안개 / 김종태

얼마나 열병을 앓았을까
어둠과 고요를 깨우면서
잔잔한 강과 풀 무리의 외침이
새벽을 걷다가
뭉게뭉게 피어오른다

함께 오래 견디려는지 잠포록이 엉킨다

피어났다 부서지는 순간
나뭇잎을 닦고
세월을 묻고 비릿
물비린내를 풍길 테지

오늘만은 좋은 그림 그리며
조금 더 오래 머물렀으면

박하게 뛰는 심장에 실컷
너를 묻고 싶다.

눈물을 닦는다 / 김종태

가늘고 연약한 몸 아끼지 않고
허물을 벗으며 마음마저 빼앗기고
정신까지 혼미해 와도 어둠을 밝힌다

질곡의 세월을 눈물로 흘러내리며
서로의 상처를 보듬어 주고
사랑을 쌓아가며 껴안는다

부끄러움 하나 없이 온몸을 드러내며
뜨거운 물을 풀어
마음속의 응어리를 씻어낸다

쇠약해 가는 몸 전부를
힘을 모아 이웃에 전하고
사그라지는 실오라기는 허무를 깨달으며
스스로 빛을 전한다

지내 온 삶을 돌아보며
마지막까지 타오르는
당신의 희생에 눈물을 닦는다.

엄마의 숨결 / 김종태

비탈진 언덕 바위틈에서
꺾이고 잘려도 잘 견디려고
있는 듯 없는 듯
양지바른 곳을 찾아 삼동을 보냈다

따스한 봄기운을 잊었을까 봐
형광 물감을 끼얹은 듯
눈부시게 차려입고 다가와
햇볕 속에서 빛을 내며
가슴까지 짙게 물들인다

숨을 쉬고 대지에 날리며
쉼터를 찾아 사방을 헤맨다
혼자 있으면 외로울까 봐
여럿이 모여 사랑을 속삭이며
넓은 산허리를 두 팔 벌려 보듬는다

불곡산 진달래 분홍빛은 고향의 색깔이며
깊은 향기를 전하는 엄마의 숨결이다.

시인 김진주

▶ 〈약력〉
(사)창작문학예술인협의회 회원
대한창작문예대학 졸업
한국예술 비평가협회-운영위원
담쟁이 문학-운영 이사
(사) 공감 문학 협회 -정회원 2019
자유시 부문 수상
(사)서울 시인협회-시문학회 2020
올해의 좋은 시 48인 선정

▶ 〈시작 노트〉
어느 시인은 삶이란
매 순간 심연에 닻을 내린다고 하였다.

나는 이순을 바라보며
살아온 날을 돌이켜 보건대
도래할 수 없는 젊음 날이
아련한 그리움으로 부족한 성정에
매 순간이 눈물겹고
핏빛 노을 꽃 서녁 하늘처럼
장렬히 타오르다 소리 없이
은하수 바다로 떠나가는 별(진주)이
되겠지만 오늘은 오늘만은
하얀 글꽃으로 행복한 미소를 남기겠습니다.

명자꽃 눈물 / 김진주

이슬 머금고 햇살 품은 아침
검붉은 눈물 뚝뚝 떨구는 아가씨
초연할 수 없어 타오르는 열정

장미보다 뜨겁고 사모하는 마음은
매화보다 깊어라. 가슴에 담은 사랑
슬픔 품은 한세월

눈물도 말라버린 명자꽃
붉은 잎 상 열은 시리고 저려서
동구 밖 언저리에 사위어 가고

그리워 기다리다 지쳐버린
바스락 꽃잎.

수양버들 / 김진주

능수야 버들아
하늘하늘 갈래갈래
늘어진 기지마다
어찌 그리도 여유롭냐

세상사 오만가지를
다 품고 있을 진 데
갈래갈래 늘어진 가지마다
만 고의 풍류를 읊는 듯하구나

세상사 다 내려놓은 듯
춤을 추는 능수야
열두 폭 옥색 치마를 입은 버들아

만 가지 소원을 품고 있는 의 좋은
서낭당 소원 나무 같구나.

이슬처럼 진주처럼 / 김진주

방울방울
풀잎에 맺은 이슬
알알이 햇살을 품고
내 그리움의 눈물이었나

지워도 지워도
지울 수 없는 상흔
파도처럼 산산이 부서져
목전에 차오르고

그대 향한 그리움
은빛 진주가 되어 알알이
풀잎에 내려지고 만다.

부레옥잠 / 김진주

꽃 비녀 연지곤지 족두리
물 위에 녹색 치마 사려 입고

화르르 피어 타오르다
사 그르듯 접어들어 눈물 삼키며
녹아내리는 부레옥잠

하루를 살아도 괜찮아
당신을 사랑했으니

눈물겨운 사투는 일순간
조용히 사랑했던 기억 품고

찢긴 마음 흐느끼는 눈물은
이슬이 되고 꽃비가 되네.

시인 김혜정

<작품목록>
1. 이곳에서 그곳까지
2. 엄마의 마음
3. 눈물 꽃
4. 어느 소녀의 꿈

▶ 〈약력〉
대한문학세계 시 부문 신인문학상 수상
사)창작문학예술인협의회 부이사장
문예창작지도자 자격 취득, 시낭송가 인증서 취득
대한창작문예대학 지도 교수

대한창작문예대학 졸업 작품 경연대회 대상
대한민국문학예술 대상
한국문화 예술인 대상
한국문학 문학대상 외 다수

제1시집 "어떤 모퉁이를 돌다" (2009년)
제2시집 "먼, 그래서 더 먼" (2015년)
제3시집 "돌아보는 시선 끝에는" (2019년)
명인명시 특선시인선 외 다수
대한창작문예대학 제6기 졸업 작품집 "동반의 여정"
명인명시 특선시인선, 동인지 "들꽃처럼 1, 2, 3" 외 다수

이곳에서 그곳까지 / 김혜정

첫 새벽,
암탉의 울음소리가 요란하다

하늘에서 새벽 별이 떨어지듯
사뿐사뿐 내려앉는
이슬의 영롱함에 들뜬 마음은
백사십팔 킬로미터의 사랑으로 달린다

본능의 질주이며 과속이다
그 무엇으로도 정지시킬 수 없고
과속 카메라에 찍히지도 않으니
벌금 딱지 날아들 염려 또한 없다

과속을 멈추게 하는 것
그것은,
내 행복이 숨 쉬고 있는 종착역에
다다라서야 비로소 과속은 멈춘다

엄마의 마음 / 김혜정

한없이 넓은 엄마의 마음을 베고
스르르 잠이 든 여름날
장엄하고 넓은 세상이 꿈속으로 들어와
마냥 행복한 내가 됩니다

시끄럽고 성가시던 매미 소리도
꿈결에서는 정겨운 자장가 소리로 들리고
서걱서걱 대숲을 흔드는 바람에서는
엄마의 사랑 닮은 포근한 향기가 납니다

몽글몽글 피어오르는 환희에
잠에서 깨어보니 아직도
싱그러운 초록 향기 풍겨오는 숲은
꿀처럼 달콤한 엄마의 마음입니다.

눈물 꽃 / 김혜정

바람결에 부서져
서로의 아픔 속에 젖어 든 사랑
애틋한 몸짓으로 피어
남은 세월 함께하며 살아가자고
가만가만 멍든 가슴을 어루만집니다

평생 마르지 않을 것 같은 눈물로
허망한 삶을 부여잡은 가슴에 핀 꽃은
사랑의 숨결이 되어 떨림 속에 고개 숙인
여린 어깨를 감싸 안고 고른 숨을 내쉽니다

억겁의 세월을 지나 마주 선 우리
애달픈 몸짓으로 부르는 사랑의 노래
핏빛 노을 진 하늘에 슬픔으로 번져도
이제는 낯설지 않은 길에 핀
섧지 않은 꽃이었으면 좋겠습니다

어느 소녀의 꿈 / 김혜정

한껏 기대에 부푼 고요가
자리를 털고 일어나
출렁이는 아침이 오면
나는 마라톤 선수가 되어
길고도 긴 달리기의 여정을 시작한다.

언제나 그랬던 것처럼
조금의 망설임도 없이
끝이 보이지 않는 그 길을
쉼 없이 달려가면
유년의 추억이 방글방글 악수를 청한다

깔깔대며 뛰놀던 너른 마당을 지나
좁은 골목길로 접어들면
비어 있던 소녀의 희미한 여백 위에
이루지 못한 꿈의 언어가
무지갯빛 퍼즐 놀이를 하고 앉았다

시인 문익호

\<작품목록\>
1. 꿈에 그리던 사람
2. 가을단풍 연못가에서
3. 불꽃 춤을 바라보며
4. 첫 태양이 보내는 파도

▶ 〈약력〉
한국방송통신대학교 국어국문학과 졸업
대한문학세계 시 부문 등단
(사)창작문학예술인협의회 회원
대한문인협회 서울지회 정회원

개인저서: 이·제·는 (시음사, 2018)
동인지 : 들꽃처럼 2집, 3집

▶ 〈시작 노트〉
시란 무엇인가?
사람의 마음을 어루만지며 희로애락을 함께하는 사랑이다.

꿈에 그리던 사람 / 문익호

내 가슴 속에는
꿈에 그리던
한 사람이 있습니다.

이제는
문득문득 정신을 차려보면
그 사람 생각에 푹 빠져있습니다.

그 사람은
내 마음속을 마음대로 들어옵니다.
이제는 물어보고 싶습니다.
나도
그대 마음속에 들어가도 될까요.

그대가 가슴 속에서
꿈에 그리던 한 사람,
나는
당신의 그 사람이 되고 싶습니다.

가을단풍 연못가에서 / 문익호

작은 연못에
가을 단풍 윤기 나게 어리고
연못 섬 감나무에는 홍시 달렸다.
살진 잉어 노닐다 펄떡이고
산새들 수다 정겹다.

멍한 가을 풍경 속에 머무니
이곳은 신선 세상 같구나.
그곳으로 은둔하던 옛 선비 마음 들어라.

불꽃 춤을 바라보며 / 문익호

캄캄한 밤

마른 장작더미가
탁탁 소리를 내며
불꽃 춤사위를 날려 보낸다.

눈을 뗄 수가 없다.

내 가슴 속에
숨어진 듯 살아있는
맑은 불꽃 춤 바라보느라.

첫 태양이 보내는 파도 / 문익호

어두운 세상 가슴 속에서
사람들은 희망을 기다리며 서 있다.

먼동이 트기 시작하고
첫 태양이 보내는 파도는
하얀 갈기 휘날리며 시시각각 달려온다.

떠오르는 태양을 맞이하라!
어두운 세상눈으로는 직접 바라볼 수 없는
장엄한 위엄을 보라고 소리친다.

옅은 구름 드리운 수평선에서
이글이글 붉게 솟아오르는 위엄에
어두움은 빛의 속도로 뒷걸음친다.

태양이 보내는 파도는
장엄한 희망을 싣고
어두운 세상 가슴 속으로
하얀 갈기 휘날리며 끊임없이 달려온다.

떠오르는 태양을 맞이하라!
떠오르는 희망을 맞이하라!

시인 박광현

▶ 〈약력〉
(사)창작문학예술인협의회 회원
대한문인협회 서울지회 정회원
대한문인협회 서울지회 기획차장

▶ 〈시작 노트〉
계절에 떠밀려
봄, 여름, 가을, 그리고 겨울....
이렇게
한 해가 저물어 가고 있네요
한 잎 두 잎 바람에 떨어지는

나뭇잎을 바라보며
오늘 하루도 열심히
살아가리라 다짐해 봅니다

가을이 내려와 / 박광현

가을이 내려와
짙은 초록 잎을 노랗게 물들이고
붉은 열매를 빨갛게 물들이고 있다

높게 있던 가을이
내려앉은 키 큰 벼들은 고개를 푹 숙이고

건들바람이 흔들어 놓은
은행나무 가지는
바람이 부린 심술에 노란 은행을 떨구고

퀴퀴한 냄새가 싫은 사람은
떨어진 은행을 피해가고
연세 드신 어르신은 한 톨씩 은행 줍는 계절(季節)

가을이 이렇게 대지(大地) 위로 내려오고 있다

도라지꽃 / 박광현

별처럼 생긴 보라색 도라지꽃이
파란 하늘을 올려다보며 웃고 있다
마치 하늘에 누구라도 있는 것처럼

하늘색은 파란색
웃고 있는 도라지꽃은 짙은 보라색

아하!
그래서 저토록 환하게 웃고 있었나 보구나
지상에서 하늘에게 보내는 보라 별의 미소

능소화 / 박광현

오랜 세월(歲月) 그리워하다
흘린 눈물이 볼을 타고 흘러내려
눈물 꽃을 피웠네

긴긴 시간(時間) 애태우며
피운 꽃송이
주홍색으로 짙게 물들이며

얼마나 많은
눈물을 흘리며 꽃을 피웠으면
초록잎보다 꽃송이가 더 많을꼬!

담을 수 없는 것에 대한 슬픔 / 박광현

하얀 종이컵에
맑은 물을 가득 채우니
뭉게구름이 내려와 앉네요

하얀 종이컵에
좋아하는 커피를 반쯤 담으니
진한 커피 향이 코끝을 유혹하구요

하얀 종이컵에
땅콩을 가득 채우니
고소한 냄새가 손끝을 유혹하네요

이렇게 담을 수 있는 게 많은데
사랑하는 마음
그리워하는 마음은 왜 담을 수 없을까요

시인 박목철

<작품목록>
1. 봄날은 간다.
2. 코로나와 손주
3. 손주와 원숭이

▶ 〈약력〉
(사)창작문학예술인협의회 회원
대한문인협회 서울지회 정회원
전, 대한 문학세계 기자
전, 멀티영상아티스트 회 회장
현, 대한문인협회 감사

▶ 〈시작 노트〉
뜻하지 않은 코로나 사태로 인한 고통에 모두가 신음하고 있고,
문인협회의 정기 행사를 비롯해 모든 모임이 중단되어 벽에 갇힌
느낌이다.
이런 때일수록 문학의 세계에 몰입해야 하는데, 그저 멍할 따름
이니, 서울지회에서 동인지를 낸다고 한다. 시를 짓지 않으니 뭘
내야 하나?
뒤적뒤적, 시대가 아픈데 글이라고 온전하겠는가?

봄날은 간다. / 박목철

파란 움도 틔우고
화사한 꽃도 피우고
겨울을 이겨 낸 부활을 기뻐했다.

"와! 이쁘다"
지를 탄성에 들뜨기도 했는데
바람에 흩어지는 꽃잎만이
숨죽인 봄을 서럽다 한다.

놀이동산, 키즈카페,
텅 빈 학교 운동장
재잘거림이 멈춰버린
냉기 도는 적막하며,

월세는 뭐로
쉰다고 입도 쉬나
넋 놓은 한숨만 가득한데,

어떡하냐?
너, 나, 우리,
봄아!

코로나와 손주 / 박목철

다섯 살배기 손주는
걷는 법이 없고
늘 뛴다
보는 것마다 신기한 듯
"저거 뭐야?"
"왜 그런데?"
늘 바쁘고 궁금한 것도 많은 건
그가 봄인 까닭이다.

코로나라고 잡아두려니
설명이 궁해
"대한아, 어야 가면 아야 해서 죽어"
"할아버지 죽으면 어떻게 돼?"
"눈도 못 뜨고, 숨도 못 쉬고, 코 자는 거야"
녀석 또, 왜? 왜?

죽음의 의미를 어떻게 설명해야 할지,
"대한아! 죽으면 깜깜한 곳에 혼자 가는 거야"
"엄마도 아빠도, 할아버지 할머니 형아도 없고"
조금만 어두우면 무섭다고 안겨드는 아이인데,
피붙이의 의미를 막 깨우쳐 볼을 비비는 아이인데,

"할아버지 무섭다" 죽음의 공포를 알게 하다니
몹쓸 놈의 코로나,

손주와 원숭이 / 박목철

나이 들고 衰해지니
다시 아이가 되었다.
수준이 같아지면 주파수도 같아지는 법
손주와 나, 찰떡궁합이다.
녀석은 시간이 되면 창문에 붙어 할배를 기다리고
할배는 녀석이 보고 싶어 아침부터 안달이다.

한여름 무더위에
어린이 대공원을 찾았다.
녀석이 태어나 동물원에 간 적이 없어
그게 늘 마음에 걸렸다
사람 말고도 많은 생명이 사는 세상인데
개, 고양이 말밖에 본 게 없으니,
녀석 코끼리를 보더니
와 크다!
사자나 호랑이를 보더니
할아버지 무서워! 품에 안겨들고
커다란 뱀을 보고는, 징그러워!
세상에 태어나 배운 어휘에 할배는 마냥 대견하다.

원숭이 우리에서

손주의 반응이 궁금했다.

진화론에서 우리의 선조라는 놈들이니

뭔가 영감이 오가지 않을까?

손주가 다가가자

원숭이 한 마리가 날렵하게 다가와

유리를 사이로 얼굴을 맞댄다

그렇게 한참을 서로 말없이,

손주가 원숭이를 살핀 것 같기도 하고

원숭이가 손주를 관찰한 것 같기도 해서

누가 누구를 본 건지 아리숭 하다.

할배가 물었다.

"대한아! 원숭이가 뭐라 그래?"

"할아버지 원숭이 이뻐!"

녀석, 대답 하고는,

원숭이에게 물을 수도 없고,

시인 박상현

▶ 〈약력〉
대한문학세계 시 부문 등단
(사)창작문학예술인협의회 회원
대한문인협회 서울지회 정회원
2020 명인명시 특선시인선 선정

▶ 〈시작 노트〉
고향의 동백꽃 아래 떨어진
동백씨앗을 화분에 심어놓았습니다
생각지도 않은 씨앗에 작은 생명이 흙을 비집고 나와
빛나는 잎을 보여주었습니다
햇살에 빛나던 잎들이 자라 작은 줄기를 만들고
이름을 얻고 동백나무로 자라고 있습니다
세월이 흐른 어느 겨울꽃 망울이 돋아나고 새색시 닮은 꽃이 피어나
겠지요
기다리는 맘처럼 동백잎은 겨울 햇살 속에서
멸치 떼의 파닥 거림처럼 반짝입니다
꽃봉오리 올라오는 날에는 사랑하는 이에게 손 편지한 장 쓰렵니다
오래도록 사랑이 묻어날 편지
빛이 바래도 향기 나는 동백꽃 편지 한 장 쓰렵니다

당신이 계신 그곳엔 언제나 동백꽃이 피어나길 바라며……

함박꽃과 아버지 / 박상현

이제는 기억 속에 아련함만이 남아있는 아버지 모습은
세월에 씻기고 지워져 버렸네요
애써 그려보는 동그라미 속에 함박꽃이 그려집니다

함박 꽃잎 따라 그려보는 커다란 웃음 속엔 하늘 닮은
병실의 이불과 함박꽃보다 커다랗게 떨어지던
어머니 눈물방울이 병실 밖 담장 금 간 벽틈으로 스며듭니다

하얀 딸기 꽃잎 속에 숨어있는 붉은 딸기처럼 살다 가신 아버지
이제는 아버지 그 모습보다 늙어버린 아들이
늦은 밤 짙은 꽃향기에 깨어 그려보는 커다란 동그라미 속엔
동그라미보다 커다란 하얀 함박꽃이 피어나고 있습니다

제비 / 박상현

고향길 더듬어 가는 길
어머니의 마당엔 부지런한 제비 한 가족이
바지랑대 세워둔 빨랫줄에 앉아 햇살을 마시고 있다

처마 밑에 작은 흙집 지어놓고 어머니 말 동무 되어주는 친구
어스름 저녁 아이처럼 돌아와 동화 같은 하루 재잘거린다

해마다 찾아와 둥지 틀고 새 식구를 늘려가는 나그네
가난한 어머니의 고무신 내려다보며 지친 하루를 쓰다듬는다

배롱나무 꽃잎에 여름밤 이슬이 쌓이고
바지랑대 끝에 고추잠자리 가냘픈 날개에 햇살이 정맥처럼 번지고
작은 날개에 여름의 힘찬 햇살이 차곡차곡 쌓인다

마당 구석에 설익은 감이 떨어져 내리던 날
가슴속 깃털 뽑아내 코스모스 꽃잎 살며시 둥지에 내려놓고
석류알 같은 약속 남기고 달빛 따라 길 나설 때
어머니의 장독 대위엔 정화수 그릇이 놓이고
한 방울
한 방울 떨어지는 눈물에 달빛이 흐느낀다

명자꽃 / 박상현

아무도 모르게 잊으리
새벽을 기다리는 이별
잊은 얼굴 그려보다 돋아난 가시 하나
손끝에 맺히는 붉은 입맞춤

담장 길 따라 수줍게 고개 숙인 햇살
가시 끝마다 걸린 약속들
밖에 걸어둔 달빛 사이로 붉은 물이 든다

겨울 벼 그루터기마다 지나간 쟁기질
고봉 쌀밥처럼 애써 웃어봐도
물동이 흔들림처럼 흘러내리는 꽃잎

아무도 모르게 잊으리
조용히 나무 뒤에 숨어드는 그림자처럼
잊어야 할 숨어서 피어나는 꽃

가시마다 붉게 물들이고
아무도 모르게 잊으려 해도
그림자마저 새색시 볼처럼 붉게 물들이는
명자꽃 아래 편지 한 통 매달아 둔다

가을 편지 / 박상현

어느 밤 풀벌레 소리에 가을이 내려왔습니다
밤새 내려앉은 아침 안갯속엔 가을로 가득합니다
수줍음 많은 가을 햇살은 억새꽃 끝에 매달려 흔들립니다
게으른 선풍기 바람에도 여름은 썰물처럼 저 멀리 떠나갑니다
창문에 매달린 여름을 닦아내니 그리움 하나가
홍시처럼 가을을 붙들고 가슴속에서 바스락거립니다

여름을 다 비워내고 갈증의 바람으로 붉은 꽃을 피워내는 가을입니다
하늘과 나 그리고 당신의 경계를 허물어내는 가을입니다
가슴속 가을을 조금씩 덜어 내다보니 어느새 당신은
현기증으로 다가오는 가을바람 속 코스모스 꽃잎입니다
눈을 감고 밀물처럼 다가오는 당신을 맞이합니다

시인 박진표

▶〈약력〉
서울 거주
대한문학세계 시 부문 등단
(사)창작문학예술인협의회 회원
대한문인협회 서울지회 정회원
대한문인협회 서울지회 감사

저서
"꿈은 별이 되어 울고 웃었네" (2019)

▶〈시작 노트〉
우리는 아파하며 피는 꽃
사계절은 말없이 그 약속을 지키고
이름 모를 그 어느 곳에서도
꽃들은 그렇게 말없이 피고 지며 노래하였다
참 아름다운 세상
값없는 고마운 오늘과 선택받은 내일을
예쁘게 색칠하고 노래하는 그대 그리고 나
눈물이 나도록 아름다운 세상이다

무지개 나무 / 박진표

알몸으로 태어나
온몸으로 삶을 배우고
두 눈으로 온 세상을 담아
가슴으로 추억을 그리는
우리 삶은 요지경 만물상
살면서 아픔은 놓아주고
가슴 가득 따스하게 살자
작은 몸짓들 사람 사는 세상
그곳에 무지개 뜨는 나무가 자란다

밤은 / 박진표

어둠이 내려와
또다시 찾아온 침묵의 밤
하루의 땀방울 토닥여 재우는
너는 성스러운 하얀 밤
지친 그림자 새벽별 닦아
눈물겨웠던 오늘을 사랑해야지

하루를 달려 그리움 만들고
아프고 지칠 때 기억하리라
바람을 잠재우는 어둠아
아픈 가슴으로 내려와 꽃을 피워라
해지고 별 뜨면 그대 자유하리라
그 빛에 뜨거워지는 반짝이는 별을 안는다

나의 바램 / 박진표

누군가의 가슴에
꽃처럼 물들어
그리움으로 남는
그런 나였음 좋겠다

따뜻하게 영혼을 데워
포근하고 뭉클하게
저 낮은 곳에서
꽃도 되고 노래도 되는
그런 우리였음 좋겠다

낯선 그 어느 곳에서도
추억을 함께 나누고
거친 파도를 넘으며
울고 웃는 소박한 우리들
하늘이여 어여삐 여기소서

꽃이 피기까지 / 박진표

창가에 내려앉은
달의 미소 별들의 노래
값없는 하루는 이렇게 익어가고

침묵으로 노래하는 꽃들아
죽을 만큼 아파도 새벽은 찾아오는 것
다시 일어나 힘차게 노래하여라

세월은 거친 시간을 안고
지난날 아픈 상처의 추억들

이렇게 예쁜 꽃으로 피게 하였다

시인 배삼직

▶ 〈약력〉
대한문학세계 시 부문 등단
(사)창작문학예술인협의회 회원
대한문인협회 서울지회 정회원

▶ 〈시작 노트〉
눈을 감았다 뜨면 아직도 하루에도 수십 명에서 수백 명씩
코로나19에 감염되는 현실 속에 갇혀 있다.
발이 부르트도록 걸어온 험난한 인생 여정 길을 돌이켜본다.
마른 가지 끝에 대롱이다 떨어져 바람에 흩날리다가
어느 한갓진 도시의 구석진 길모퉁이에 처박혀
볼품없는 육신으로 내동댕이쳐진 가을 낙엽을 보면
마치 우리네 인생을 보는 것 같아서 안타깝기만 하다.
노을 지는 아름다운 하늘처럼 가을이 벌써 이만큼 물들었는데
앞이 보이지 않는 어둠 속에서 일상으로 돌아갈 희망을 꿈꾸며
질병과 혹한의 겨울을 이겨내고 다시 봄을 기다려야 한다.

심상(心像) / 배삼직

바람은
사람의 인연처럼
옷깃을 스쳐 지나가고

구름은
정처 없는 나그네처럼
세월의 배 타고 떠나가는데

윤회와 소멸의 업보대로
세월 따라 왔다가 사라지는 게
어디 인생뿐이겠는가!

보일 듯 닿을 듯해도
눈에서 멀어지면 마음에서 멀어지는
사람의 정과 사랑의 운명처럼

자연 속에서 느껴지는
물질의 빛깔과 오감의 심상이 다
바람이고 구름인 것을

잎새는 져도 / 배삼직

산과 들의 푸른 초목 안고
즐겁게 춤추던 날이 너무 행복해
꽃이 지는 줄도 모르고
낙엽 지는 줄도 몰랐네.

거친 숨을 몰아쉬며
계절을 돌아보는 순간
바람 자락에 떨어져
내동댕이쳐진 그대는

아름다운 추억만 남겨놓고
때가 되면 언제나 떠나가지만
어둠의 시간 속에서 다시
새벽을 잉태한 여명의 새날은

매일 아침 둥근 해를 낳아
세상에 밝은 빛을 내리고
잎새는 져도 따슨 햇살에 녹은 동토는
또 다시 봄을 길어 올린다.

들꽃처럼 / 배삼직

세찬 바람이 부는 들판에 서서
끈질긴 생명력의 강인함을 보여주며
탐욕에 물든 사람들의 마음은 비워주고
민초의 허한 마음을 달래주는 너는

의지할 곳 없는 들판에 핀 들꽃 한 송이
비, 바람에 젖고 흔들리며 꺾이고 쓰러진들
흙먼지 툭툭 털어내고 다시 일어서서
꽃 대궁 밀어 올리는 꿋꿋한 의지는

분단된 38선 철조망 아래서도
전쟁의 폭격으로 끊어진 다리 밑에서도
질병을 극복하는 작금의 현실 속에서도
꿋꿋한 바위처럼 겸허히 사는 생명

거친 들판에 기댈 곳 없이 홀로 피어도
진정한 자유의 삶을 살아내는 너처럼
말하지 않아도 알 수 있는 침묵으로
묵묵히 하늘 우러러 살리라.

침묵의 바다 / 배삼직

은은한 빛을 내리지만
적막이 감도는 바다에서는
홀로 뜬 저 달도
어둠을 다 밝히지 못하네.

석양이 지는 노을 뒤에
어둠이 깔리는 줄도 모르고
침묵과 고립 속에 저물어가는 인생은
상심으로 얼룩진 주름만 늘어 간다.

환난이 지배한 암울한 세상은
침체의 늪에 빠져 허우적거리는데, 나는
바다 한가운데 생각의 집만 몇 번씩 지었다 허물고
번뇌에 갇힌 채 밤의 적막 속을 표류한다.

밤하늘에 빛나던 별이 희미해지고
여명의 시간이 어둠을 밀어낼 때쯤
간밤에 출항했던 만선의 배들이 들어오면
침묵의 바다에 생기가 돌기 시작한다.

시인 백승운

▶ 〈약력〉
대한문학세계 시 부문 등단
(사)창작문학예술인협의회 회원
대한문인협회 서울지회 사무국장
2019년 서울지하철 승강장 안전문 게시용 "이팝나무"시 당선
2019년 올해의 시인상 수상
2020년 명인명시 특선시인선 선정
2020년 유화로 보는 명인명시선 참여
아호 : 도각(道角), 가암(嘉巖)

▶ 〈시작 노트〉
겨울이
다가오는 봄기운에 화들짝 놀라 주춤하는 사이
사부작사부작 내린 눈꽃 서둘러 피어난 매화 위에서 설중매가 되어
부조화의 아름다움을 선물하기도 하고
들판에 꼼지락꼼지락 일어나 조그마한 미소를 띠는 들꽃들
개망초 하얗게 피어나 들판에서 웃고 있는 봄부터
계절을 보내는 수많은 일이 일어나는데
우린 무엇을 하며 살아가는지 행복한 건지 늘 그리움에 목말라하는데
시가 가슴으로 들어와 행복함이 넘쳐나는 멋진 시간
들꽃 위에서 한세상 행복했다고 활짝 웃게 될 것이다.

그리운 사람 / 백승운

바람도
지나간 자리 그리움으로
울어본 적이 있을까

문득문득 낙우송 솟아나는 뿌리
스쳐지난 인연의 그리움
추상화처럼 그려보는데

햇빛도 잠든 솔가지
날카롭게 날아드는 까치의 경계를
무심히 지나가는 생각만
길게 바람이 된다

함께 할 수 있는 인연이야
사주팔자나 관상처럼
보여지거나 그려지는 게 아닌데
쏟아내는 그리움만 흔들리고

막연히 어딘가에 있다면
만나고 싶다는 부질없는 생각
떨어져 메말라버린 솔가지처럼
가슴속에서 뜨겁게 타닥인다.

칠월을 보내며 / 백승운

시간은 경주를 하듯
째깍대며 달려가는데
돌아보니 벌써 이렇게나
많이 와버렸습니다

흘러간 시간이야
쌓여있는 추억의 소중함
가슴에 모아 두고
다가오는 내일의 희망으로
새롭게 시작하면 되는 것

같이 가는 동행의 길
모든 분의 건강과
행복 기원하는 마음
인연의 소중함이며

깊어가는 관심과
함께하는 즐거움
오늘도 두 손 모은 마음
영글어 가는 행복입니다.

설중매 / 백승운

이보게 친구
잘 지내는가
참 오랜만에 만나는구먼

겨울이 다 가고
봄이 오는 길목이 되어야만
자네를 볼 수가 있고

내가 지나 쳐가야
자네는 활짝 웃으며 봄이 될 텐데
미안하네

그래도 친구
내가 자네를 잠깐이나마 봐야
먼 길 가는 내 마음이 편하겠구먼

자네를 미워한다는 생각 말고
내가 있어 자네의 자태가
고귀하고 멋스럽게 보인다고 생각해주게

다음에 또 만날 때는
조용하게 왔다가 가겠네
자네 위한 마음 녹여내서
담뿍 남겨두고 가네

개망초 / 백승운

하얀 구름 속에
노랗게 해님이 웃고 있습니다

세상사 뭐 살아가는 게
다 같지 뭐가 있겠느냐고

그냥 바람에 흔들리는
그리움 자잘하게 나누어서

뿌려지는 별들의 춤사위
까딱까딱 행복의 노래

꽃이라 하지 않지만
꽃처럼 아름다운 그대

힘들 때 같이 손잡아주고
서로 등 부비며 토닥토닥

한 세상 즐거웠다고
행복함에 활짝 웃고 있습니다.

시인 염인덕

<작품목록>
1. 가을의 길목
2. 봄은 왔는데
3. 여인의 노래
4. 초여름

▶ 〈약력〉
서울시 중랑구 거주
2019년 대한문학세계 시 부문 등단
(사)창작문학예술인협의회 회원
대한문인협회 서울지회 정회원

〈수상〉
2019년 10월 좋은 시 선정
2019년 12월 한국문학 올해의 시인 상
2020년 5월 금주의 시 선정

가을의 길목 / 염인덕

오감으로 느낀 계절의 달력을 넘기며
소담스러운 메밀꽃
하얀 눈송이를 뿌려놓은 듯하다

조롱박과 수세미 호박 넝쿨이 아늑하고
땅에 뚝 떨어질 것 같은 느낌
소담스러운 게 보기만 해도 복스럽다

백일홍꽃, 키다리 수수,
주황색 꽃 무리가 바람에 흔들거리며
자기 좀 보고 가라며 아우성친다

가을의 여왕 국화
젊음의 뒤안길에서 돌아온 여인 같은 꽃
바람 따라 이리저리 흔드는 코스모스
혼기를 맞은 딸 같은 꽃이 아름답다.

봄은 왔는데 / 염인덕

가는 곳마다 따뜻한 사랑이
파릇파릇 돋아나
아지랑이 춤을 추는데

강둑에 홀로 앉아서
가슴 깊이 쌓인 정을
강물 위에 띄워 놓고 싶다

잊어야 한다면 잊어야지
달도 기울고 별은 반짝이는데
눈가에 눈물만 하염없이 흐른다

그래도 미워할 수 없기에
기약 없는 시간 속에서
그리워하면서 살아가리.

여인의 노래 / 염인덕

곡절 많은 사연 안고
눈물 고갯길 넘나든 걸
그 누가 알까?

여자이기에 울고 웃으며
사랑을 품고 거침없이 살아온
흔적이 꿈만 같구나

하늘이여!
가슴 아픈 이 여인의 사연을 아시나요
마음 한번 편히 쉬게 해 주소서

추운 겨울이 지나면 봄이 오듯이
인생길에 꽃 한 송이 피워 놓고
이 여인은 노래 부르며 아름답게 살고 싶소.

초여름 / 염인덕

어린 잎새 타오르니
하늘은 나무의 그늘을 펼치고
새소리 메아리 되어 들려옵니다

한낮에 구름도 쉬어가는데
용트림하는 나뭇가지는
포도알처럼 싱그럽습니다

풋나무 힘줄 세우고
싱그러운 냄새
살랑살랑 따라와 말을 건네 옵니다

무성해진 푸르름
은물결 금물결 파도를 타고
바람에 흔들려 해가 갑니다.

시인 윤만주

\<작품목록\>
1. 자유로운 바람
2. 영혼의 멀미
3. 공존하는 지구촌
4. 황금 들녘에서

▶ 〈약력〉
2020년 대한 문학세계 시 부문 등단
(사)창작문학예술인협의회 회원
대한문인협회 서울지회 정회원
신학원 3학년 재학 중(현재)

▶ 〈시작 노트〉
과학의 발달은 디지털 시대의 혁명으로 우리의 삶을 질 높은 수준으로 끌어올렸고, 글로벌 시대의 지식 정보화는 개인주의를 부추기며 인간이 상품화되어 가는 모순된 괴리로 인하여 사고의 치매를 앓고 있다. 이런 역기능의 폐단 속에 상실된 인격과 비윤리성은 무엇으로 치유할 것인가에 대한 깊은 고뇌가 있어야 할 것이다. 이처럼 한 시대의 희비가 교차하는 길목에서 시인으로서 해야 할 덕목은 무엇인지를 반추하며 한땀 한땀 구슬을 꿰듯이 정성으로 시를 쓰는 마음은 애국이요, 까만 밤 지새우며 순백의 열정으로 시를 외고 암송함은 자신을 사랑하는 마음이니, 어찌 게을러서 감성을 무디게 하리오. 오늘도 내가 시를 쓰는 이유는 조국을 사랑하고 자존감을 더해가며 이웃의 그늘진 지붕 아래 꿈과 희망과 생명을 불어 넣기 위함이다.

자유로운 바람 / 윤만주

창가에 걸터앉아
춤추는 가을 햇살
평심을 흔들고

빨랫줄에 걸터앉아
외줄 타는 하늬바람
어깨 위로 내려앉아
손잡고 길 가자 하네

바람의 길을 따라
강변으로 발자국 그려가면
뒤따르는 빛 그림자 검은 외투 걸쳐 입고
강바람에 홀로 흔들리는 어릿광대라

무의식에 꿈틀대는
기억의 저편으로 퐁당 뛰어들면
강바람에 춤을 추는 들꽃들이여
모질긴 그리움의 향수로 젖어 드는
가을의 서정이여!!

흐르는 낭만으로
구속 없는 사랑으로
머물지 않는 방랑으로
길 떠나는 자유로운 바람이고 싶노라

영혼의 멀미 / 윤만주

아스라한
기억의 더듬이로
추억의 그림자 밟아가며
구름의 뒤를 따르면
공존의 회상으로 멀미를 앓는다

몽롱한 의식 속에
그리움의 갈증으로 쏟아지는
기억의 파편들을 주워 모아
퍼즐로 짜 맞추면

한편의 수묵화로
눈 앞에 펼쳐지는
파노라마 현란하다

빛바랜
세월의 시간 속에 녹슨 청춘으로
일탈의 들판을 내달리면 더 넓은 평원으로
모질게 휘몰아치는 심연의 파고를 뛰어넘어

깊은 고독으로 생채기 난
흔들리는 영혼을 바로 세워
포효하며 일어서리라

공존하는 지구촌 / 윤만주

세상은
더없이 넓어 둥글기만 하다
인종과 언어의 장벽을 뛰어넘어
공존하는 지구촌의 시대

그 울타리로
옹기종기 머리 대고 마주 앉아
종교와 문화와 이념의 벽을 극복하고
우리는 하나라는 개념으로 이질감을 쓸어내며
꿈을 얘기하고 희망을 그려가자

강물이
바다로 이어져 대서양을 이루듯이
산과 들판이 맞닿아 육지로 이어지듯
우리는 그렇게 하나가 되어가자

작은
바람에도 흔들리는 평화
악성 코로나로 신음하고
절규하며 무너져 내리는 희망 앞에
너와 내가 마주 앉아 지혜를 모아가면
지구의 공전은 이어지고
그 평화는 영원하리라

황금 들녘에서 / 윤만주

시원한
들 바람에 하늘은 더 높아
조각구름 촘촘히 수를 놓고
고추잠자리 경쾌한 율동으로 춤을 추면
논두렁 허수아비 따가운 햇살 간지러워 미소 짓는다

더 넓은 평야로
끝없이 펼쳐지는 가을의 향연
산들산들 불어오는 미풍으로 옷고름 스치면
무거운 벼 이삭 부끄러워 노란 머리 고개 숙이고
알곡으로 여물어 가을날의 행복을 꿈꾼다

노란 물결
황금파도 위로
메아리처럼 밀려드는 아우성
그것은 농부들의 애환이요 아낙들의 절규이며
한 여름날 고단함의 표상이라

풍요로움의 뒤안길
숨어 흘린 땀방울로
더 넓은 캔버스에 피어오른 노란 수채화
그 걸작 앞에 서성이며 가을날의 풍요로움을 만끽하노라

시인 은별

▶ 〈약력〉
전남 영광 출생
대한문학세계 시 부문 등단
(사)창작문학예술인협의회 회원
대한문인협회 서울지회 홍보차장
(사)한국마이다스 밸리댄스 강사
한국마이다스 밸리댄스협회(공연단 부단장)
밸리댄스 지도자 3, 2급 취득(자격증)
(사)문학愛 문학愛작가협회 정회원

〈공저〉
2018년 문학愛 바람이 분다(4집)시집기증
2019년 문학愛 바람이 분다(3집)시집기증
2019년 7월 1주 금주의 詩 선정
2020년 특별 초대 명인명시 시인선 선정

▶ 〈시작 노트〉
청초한 가을날
순수로 피어난 들꽃처럼 아련한 모습
꽃보다 더 아름다운 인연의 정
가을빛 따스한 향기로운 글 밭에
아롱다롱 고운 마음 사랑으로 익어갑니다

시인의 봄 / 은별

아날로그 감성으로
시인의 마음으로
봄을 맞이하고 사랑하리라
극복할 수 없는 시련은 없다
긴긴 겨울
혹독한 추위 속에도
봄은 오고 새싹이 돋고
꽃이 피어난다
약속처럼 다시 돌아온 계절
상큼한 매력
수줍은 봄 아가씨
꽃눈 틔우는 날
향 고운 감성과 봄을 담아
마음에 스케치하고
봄 향기 따라 시를 읊으리라

행복은 바로 이런 거야 / 은별

후끈 유월의 태양이 뜨겁다
햇살 샤워 끝내고
솔 솔 불어오는 달콤한 바람
베개 삼아 잠시 꿈길
여행하고

초여름 밤의 멜로디
감미로운 시어들 속에
마음의 리듬 타고
생각의 나래를 펼쳐본다

삶의 다양한 향기 속에서
순간 느껴 보는 꿀맛 같은 휴식
꿈이어도 좋아라
행복은 바로 이런 거야

가을 하늘은 높아만 간다 / 은별

아침 바람이 알싸하게
코끝을 스치며 단잠을 깨운다

너의 향기에 심취하여
나의 마음 온통 사랑의 열망으로 노래하고

가을 향기 그윽한 꽃밭을 지나
너에게로 가는 길 콩닥콩닥 희망의 설렘이야

하늘하늘 아련한 옛 추억에
젖게 하는 순정의 꽃 코스모스

바람에 리듬 맞춰
현란한 춤사위 짙은 향기 속으로
가을 하늘은 높아만 간다

당신의 향기 / 은별

고운 당신의 향기
삶의 의미를 실어주지요
진솔한 사랑의 향기
행복한 삶을 꿈꾸게 하지요
꽃 같은 당신
희미한 기억 속에
옛 추억으로 남아
그리움으로 세월을 잊게 하지요
차디찬 겨울
함박눈 내리는 거리
하얀 눈을 밟으며
당신 생각에 설렘의 마음
한없이 벅차 오네요

시인 이고은

<작품목록>
1. 꽃비에 바람의
　　　　발자국이 남는다
2. 파도 타기
3. 봄이 수런거리면
4. 나비가 되어
　　　길상사로 날아들다

▶ 〈약력〉
봄 여름 가을 겨울 일기 저자
달력 속 숨은 과학 24절기 공저
대한문학세계 시 부문 등단
(사)창작문학예술인협의회 회원
대한문인협회 서울지회 정회원
문예창작지도자 자격 취득
대한문학세계 기자

▶ 〈시작 노트〉
들꽃은
눈이 시리고 따가울 때
바람과 숲과 파도에 몸을 맡깁니다.

들꽃은
시어를 가다듬으며
더 이상 슬퍼하지도 아파하지도 않습니다.

삶은
작은 몸짓의 들꽃인 것을.

꽃비에 바람의 발자국이 남는다 / 이고은

꽃비가 내린다
바람에 살랑살랑 내려앉은 꽃비는
나비인 듯 구름인 듯 훨훨 날아간다

꽃비는 잔디밭에 내려앉아 강을 지그시 바라본다
어디에 머무를까?

따스한 봄 햇살이 기웃거릴 때조차
바람이 자근자근 밟아 온몸이 아픈 채로 나뒹구는 모습이 애처롭다

내 심장에도 꽃비가 들어와
바람의 발자국을 진하게 남긴다.

파도타기 / 이고은

시인의 삶에서 시어를 살짝 흔들어 깨운다

말랑말랑 부스스 산들산들 소소소
애절하고 절절한 입담으로 그득 차고도 넘친다

애달프다
가슴에는 울분과 격한 몸짓이 먹장구름으로 가려져
새하얀 눈물이 깃털처럼 흐른다

사랑이다
심장에는 전류가 흘러
차마 막지 못하는 폭포처럼 세차게 흐른다

애환이다
삶을 넘나드는 숱한 갈등과 부질없음에 목놓아 우는
한 마리의 학이 유유히 날고 있다

나도
그들과 함께 세상 속으로 바짝 다가가
넘실대는 파도에 내 몸을 온전히 맡긴다.

봄이 수런거리면 / 이고은

연못에 봄이 수런거리면
노랑 창포꽃은 마냥 게으름 피우고
송사리와 물방개는 연둣빛 춤을 추는 능수버들을 갸웃이 바라본다.

산에 봄이 수런거리면
진달래꽃은 마냥 수줍게 웃고
솔가지와 가랑잎은 초록빛 춤을 추는 나무를 조용히 바라본다.

들에 봄이 수런거리면
목련꽃은 하얀 그리움 달래고
냉이와 쑥은 하늘거리는 봄바람을 다소곳이 맞이한다.

나의 봄이 수런거리면
손도 발도 뜨거운 입김에 데어 바다에 몸을 던진다.

나비가 되어 길상사로 날아들다 / 이고은

나비는 훨훨 날아
봄맞이꽃 위에 살포시 내려앉는다

반가움에 얼굴을 부비자마자
자야의 목소리도 백석의 나타샤도
법정 스님의 무소유도 또랑또랑 들린다

겨우내 숨죽이고 갇혀 있던 어두컴컴한 길상사에도
노란 달빛 같은 영춘화가 화들짝 피면
나비는 당나귀를 타고
어사화를 머리에 꽂고
덩실덩실 춤을 춘다

나비는
영춘화에 넋을 잃고
재빠른 산수유는 시샘하듯 따라오고
개나리도 덩달아 노란 웃음 지으면
희망이 온다.

시인 이둘임

<작품목록>
1. 독거노인
2. 구름, 자유롭다
3. 끓다
4. 으악새

▶ 〈약력〉
1961년생 서울 거주
2019 대한문학세계 시 부문 등단
2019 대한문인협회 한국문학 올해의 시인상 수상
2020 2월 시사모 이달의 작품상 수상
(사)창작문학예술인협의회 회원
대한문인협회 서울지회 정회원
시사모 동인

독거노인 / 이둘임

어디서나 뿌리 내려 넉살 좋게

살고 싶었던 소년 소녀

바람이 호락호락 않아

별은 반짝이지 않았다

달마저 가린 어두운 밤

한숨 소리 피어나면

쪽방촌 가로등 귀는 아날로그로 돌려

가시고기 아버지

등대지기 어머니의 꿈을 엿듣는데

삶의 갈림길에서

거친 파도를 만나

놓아버린 희망 끝자락

누구도 탓할 수 없는 삶

쪽방 골목길 아스팔트 틈

풀꽃은 쉼 없이 피어나는데

거친 숨 몰아쉬며

늙어버린 소년 소녀들

구름, 자유롭다 / 이둘임

한낮 풀잎 힘 잃어 갈 즈음

뜨거운 그물을 치고

태양이 가까이 다가오자

하얗게 두둥실 피어나는 뭉게구름

여기저기 부력을 띄워

햇살과 맞서며

텅 빈 하늘 마음도

꽉 찬 지상 마음도 가지려

하늘 강에 시 한 편 쓰고

그림 한 점 그려 사랑을 고백하고

해 질 녘 시원한 바람에

리듬을 타고 경쾌하게

산을 넘는 여유

가고 싶을 때

오고 싶을 때

마음껏 자유로운 저 한량

끓다 / 이둘임

내 속을 끓게 하는 일은
항상 그 남자였다
서로 다른 행성에서 와서
간격을 좁히지 못해 부딪히면
별똥이 떨어질까
난 냄비 속으로 들어갔다
인내가 한계에 부딪혀
벽시계가 태업하는 날
그 남자 커피를 탄다며
포트에 물을 올리고 끓이는데
전원은 자동으로 나가고
끓어도 넘치지도 태우지도 않았다
혼자서 홀짝홀짝
커피 향 풍기며 즐기는 모습에
왜 내 속이
부글부글 끓고 있는지

으악새 / 이둘임

가을을 얻으려
하늘은 물빛으로 물들이며
높이높이 올라갔다
청초한 하늘바라기 산등성이 억새꽃
아득해진 하늘 향해 돌아오라
흔들흔들 몸부림치며
시린 가슴 바람을 안고
사각사각 온몸 울음 토해 마음을 비우다가
말없이 고개 꺾는다
하늘을 지워보려는 걸까
돌아보니 적막한 짧은 생
한 계절 머물지 않는 바람 같은 것을

* 으악새 : 억새의 방언

시인 이무정

<작품목록>
1. 난 비와 바람
2. 꽃 그리고 비
3. 배우와 음악
4. 비

▶ 〈약력〉

(사)창작문학예술인협의회 회원

대한문인협회 서울지회 정회원

1989년 신인 문학상 수상(작품명:비)

2019년 올해의 시인상

중앙대학교 연극영화과 졸업

난 비와 바람 / 이무정

계절마다 내리는 비가 다 좋다
비를 맞으며 걸으면
나쁜 기억들은 사라지고
내 몸은 좋은 기억들로 꽃이 된다
그리고 바람이 부는 날이면
향기로운 찻잔에
꽃비가 갈랑내리는 풍경이 된다

내 삶은 비와 바람으로 익어간다

비, 너를 기다린다
바람, 너를 기다린다
오늘 비가 내리고 바람이 불면
내일은 또 멋진 추억이 아롱 맺히고
저토록 아름다운 가을하늘이 되어
향기로운 삶의 노래가 된다
내가 익어간다

꽃 그리고 비 / 이무정

너는 피울수록
향기로운 세상을 만든다
나를 만든다. 살며 사랑하며
희망이 되고 기쁨이 되고
너를 보면 눈물이 미소가 된다

나는 너를 사랑하는데
너도 나를 사랑하는데
어느 날 비가 오는 날이면
네 향기는 어디론가 사라지고
내 마음에 그림자가 생기고

오, 나는 맑은 꽃이여
찬란한 햇살 속에서
영원한 아름다움이여
지난날의 내 사랑이여

배우와 음악 / 이무정

내가 너를 만나면
너는 나비가 되고
나는 꽃이 된다

내가 너의 손을 잡으면
너는 배우가 되고
나는 가수가 된다

내가 너와 함께하면
너는 더욱 깊어지고
나는 더욱 빛이 난다

우린 어느 곳에 있든
서로에게 기쁨이 되며
사랑으로 하나가 된다

비 / 이무정

보슬보슬 내리는 비
내 가슴에 살며시 다가와
사랑을 속삭이다
무엇에 토라졌는지
천둥 번개가 되어
냉정히 돌아선다

그래도 여운을 안고
거리를 거닌다

어디로 가는지도 모르고
중얼거리며 걷다가
보슬비에 흠뻑 젖는다

시인 이민숙

<작품목록>
1. 단풍의 생각
2. 부모님 보고 싶습니다
3. 한로
4. 중년의 생각

▶ 〈약력〉
한국문인협회 정회원
(사)창작문학예술인협의회 회원
대한문인협회 서울지회 홍보국장
한국 가곡 작사가 협회 사무총장
오선 이민숙 시의 뜨락 대표

〈수상〉
대한문학세계 시 부문 신인문학상, 2017년 10월 이달의 시인 선정
2017년 전국 순우리말 글짓기 은상, 2017년 한국문화 예술인 금상
2018년 한국문학 베스트셀러 우수상, 2018년 제18회 황진이 문학상
2019년 짧은 시 짓기 공모전 동상, 2019년 한국문학발전상
2015년 서울시의장 지역발전상, 2014년 강동구청장상
1996년 교육공로상 다수 피아노 부문

작시 가곡 : 안개꽃, 눈꽃사랑,
작시합창곡 : 추억의 빗방울, 내 마음에 머문 그대

〈개인 저서〉
시집 "힘이 되는 당신이 참 좋습니다", "오선 위를 걷다"

〈동인지〉 2017년 명인명시 특선시인선 외 12권

단풍의 생각 / 이민숙

은행나무는
도저히 이해할 수 없었다
가을이면 노란빛으로 물들어야지

바로 앞에 저 단풍은
어째서 밤낮으로 붉은색일까

붉은 단풍도 놀래기는 마찬가지다
어쩌자고 이 가을에
노란 고름 가득 아파할까

같은 땅 같은 계절인데
이리도 다른 모습일까

늘 푸른 소나무
나는 한결같이 푸른빛인데
왜들 마음이 저리도 변하는 걸까

다른 생각으로 따따부따하는 것이
나무뿐이겠는가!

부모님 보고 싶습니다 / 이민숙

한 송이 사람꽃을 피우기에
땅이 솟아오르고
하늘문이 열렸습니다

아버지 탯줄로 세상을 보았고
어머니 젖줄로 세상의 밥을 먹었습니다

아버지의 팔에 안겨 놀았고
어머니의 등에 업혀 잠들었습니다

안아 키우신 아버지를
한 번도 안아 드리지도 못했고
업어 키우신 어머니를
한 번도 업어 드리지 못했는데
이젠, 마주 앉을 수도 없이
당신들은 하늘에 계십니다

바닥이 되어 주신 아버지
바탕이 되신 주신 어머니
가끔 먼 하늘 한번 올려봅니다
지금도 보고 계시는지요

부모 노릇이 참으로 힘들 때면
부모님도 이처럼 힘들었을까
하늘은 먹빛이 되고
보고 싶은 내 마음에 비가 내립니다

한로 / 이민숙

이슬부터 차가워지는 날이면
그대 마음은 또 얼마나 시릴까
말은 하지 않아도 눈빛이 차갑다

이슬부터 차가워지는 날이면
그대 가슴은 또 얼마나 추울까
바람 불지 않아도 목소리가 싸늘하다

시린 마음도 내 것이고
차가운 덩어리도 내 것이다
내 것이 아닌 양 돌아앉아 있어도
차가운 바람은 스며들고

싫어도 내가 거두어야 할 일이라면
등 돌리지 말고 뜨거운 심장으로
시린 덩어리 녹여버리면 어떨까

차가운 그대에게 따뜻한 차 한 잔 놓고
이내 추운 마음에 코트 한 벌 입혀 본다

중년의 생각 / 이민숙

과한 자신감은 역으로
낮은 자존감의
반증이라고 했던가

유리하다고 교만하거나
불리하다고 비굴하지 말자

바람이 불어 나무가 움직이는 것인지
나무가 흔들려 바람이 부는 것인지
같은 논리로 본다면 같은 마음 아닐까

때론 내가 남보다
잘났다는 것을 증명하려고
애쓰는 시간이었다면
남보다 나은 사람이 되려고
애쓰는 노력은 어떨까

늘어나는 주름 앞에
빈한 마음으로 한숨 짓기보다는
부한 마음으로 경륜의 길을 따르자

하나 둘 젊은이는 나이가 늘어나고
셋 넷 어르신은 나이가 줄어든다면
엉킨 실타래 펼쳐 놓고
뒤돌아 앉아 생각을 바꾸어 볼 일이다

시인 이은성

<작품목록>
1. 가을은 다시 왔는데
2. 널 보내고 난 후
3. 사랑의 소야곡
4. 홀로 된 마음

▶ 〈약력〉
2005년 등단
(사)창작문학예술인협의회 회원
대한문인협회 서울지회 정회원
창작문학예술인협의회 2009년 올해의 시인상 수상
창작문학예술인협의회 2010년 베스트셀러 작가상 수상
창작문학예술인협의회 2011년 향토문학상 수상

저서 : 종이 위의 발자욱
공저 : 창작문학예술인협의회 서울지회 동인시집 (들꽃처럼 1집, 3집)
　　　현대시를 대표하는 〈특선 시인선〉 등 다수

▶ 〈시작 노트〉
코로나19로 외부 활동이 힘들어진지 어느새 8개월이 지나가고 있다.
조심조심 하며 살얼음판을 걷듯 살아가고 있는데
반가운 문우님의 연락이 왔다.
들꽃처럼 4집에 참여하겠냐는...그래서 선뜻 대답을 했다.
이런 기회가 있음에 감사하며 지면을 통해서나마
문우님들과 독자님들께
인사드릴 수 있게 기회를 주신 분들께도 거듭 감사의 인사를 드립니다.
모든님들 건강 잘 챙기시고, 코로나19도 조심 하세요.

가을은 다시 왔는데 / 이은성

또 다시 가을은 왔는데,
가을이면 생각나는 사람은
지금은 내 옆에 없는데,

가을은 또 다시 오고,
그 사람 지금은
어디에서 무엇을 하는지,

그저 다시 오는 계절인
가을을 보며
그리움을 떠올려 보는데,

다시 또 돌아오는 계절인
가을을 바라보며
아련한 그리움, 그리움만.....

널 보내고 난 후 / 이은성

오늘도 그리움의 바다엔
비가 내리고

내 마음은
풍랑으로 일렁인다.

이별이란 이름으로
널 보내고 난 후

아픔의 폭풍이 몰려와
한바탕 휘젓고 가버렸다.

폭풍 후의 고요함을
기다리고 있는 나는

아직은 조그마한 비바람에도
견디지 못하고 흔들리지만

바다의 넉넉함과
모든 걸 감싸 안는 포용력으로,

태고 적으로 돌아가리라
본래의 마음자리로....

사랑의 소야곡 / 이은성

사랑의 달콤함은
사랑의 아픔을 이기며

사랑의 감미로움은
사랑의 그리움을 지나고

두 사람의 마음과 마음이
부르는 소야곡은
얼마나 부드러운지,

당신의 마음으로 부르는 노래와
내 화답은 사랑을 부르고,

이 가을 당신을 생각하며
부르는 사랑의 노래

이 가을 당신이 나를 생각하며
부르는 사랑의 노래

사랑하는 마음과 마음은
감미롭고 부드러운
사랑의 소야곡을 부르게 하고....

홀로 된 마음 / 이은성

군중 속의 고독을 느낀
하루가 지나간다.

알 수 없는 것이 사람의
마음이라지만,

인연의 끈을 놓지 못하고
서성인 건 바로 나 자신...

그 누가 강요한 것도
아니건만,

그 자리가 낯설게 느껴짐은
나 혼자만의 생각인지...

야위어가는 마음 한 자리가
못내 아쉬워

아무도 눈치채지 못하게
내 마음을 다스린다.

가슴이 저릴 정도의
외로움으로

외딴섬에 홀로 버려진 듯
사람들 속에서도 사람이 그리워...

시인 이주성

<작품목록>
1. 야생화
2. 생존 유감
3. 당구 인생
4. 白紙

▶ 〈약력〉

2014년 5월. 대한문학세계 시 부문 등단

(사)창작문학예술인협의회 회원

대한문인협회 서울지회 정회원

▶ 〈시작 노트〉

북향 발코니 삭풍 불어와 남향 발코니 앉아 시를 즐기니

계절과 인생은 황혼이 있어도 시는 황혼이 없다.

가을, 벼 이삭이 무게를 못 이겨 고개를 숙이면

누구나 한번은 시인이 되어 자신의 삶을 시 짓는 계절,

오색 낙엽이 쌓이는 가을을 보내며 시인의 길을 찾아

동인지 들꽃 4집 출간에 황혼의 서정을 채우고 싶다.

야생화 / 이주성

행인이여!
나의 이름을 짓지 마오
모습도 남기지 마오

새벽이슬 젖고 한낮 함빡 웃고
한 계절 피었다 지는
아름다웠던 꽃이라는 것만 기억해주오

햇살 따사로운 날
벌 나비 찾아와 외롭지 않았고
실개천 흐르는 물결
자장가 되어 외롭지 않았소

오염된 손
순백 나에게 묻히지 마오
낙화 되어 바람 따라가려니

그대의 찰칵 소리 내 귀 흔들어도.

생존 유감 / 이주성

비워 진 종이 커피잔
단맛 향기에 유혹된
파리 한 마리
잔 위를 맴돌다

잔 주인 곁눈에
네발 빌며
테두리를 뜬다

삶이 한철 파리도
삶이 백 년 사람도

비워 진 종이 잔만 뜬다.

당구 인생 / 이주성

직사각 위 둥근 공 네 개
색동저고리 입고
갈 길 몰라
요염한 자태로 앉아있다.

행인은 모이면
둥근 공을
북 삼아 장구 삼아
여기저기 찍는다.

공의 비명
이정표 없이
부딪치고 부딪쳐
갈지자 길 찾아간다.

아픔 모르는 고용인
늦은 밤 광택제 목욕으로
내일을 준비한다
모나지 않게 둥글둥글 달리라고.

白紙 / 이주성

여보게
白紙여

물 젖은
벼루와 먹처럼

비 내려
백색 치마저고리
흠뻑 젖은 여인 있다면

그 여인 누구인가
내게 알려 주시게나

빗소리 권주 삼아
치마저고리 백지 삼아
시화를 새기려니.

시인 이호영

<작품목록>
1. 달려온 인생
2. 이 한밤에
3. 인생 열차
4. 코로나19

▶ 〈약력〉
서울시 강서구 거주
대한문학세계 시 부문 등단
(사)창작문학예술인협의회 회원
대한문인협회 서울지회 정회원

▶ 〈시작 노트〉
언제 벌써
여기까지 왔는가
주어진 인생길
못다 핀 한 송이
꽃을 피우기 위해
한 페이지에 펜을 잡고
어쩌다 흔적을 남기네
영원히 지키며
남은 인생 살아가려네.

달려온 인생 / 이호영

바람에 수많은 가지 꺾이고
험한 길 달려온 인생길

한 때 울고 웃던 그 날들
무거운 짐을 싣고
지금까지 걸어온 길

비가 오나 눈이 오나
하나만 알고
둘은 몰랐던 세상
숲속을 걷는 고난 길

둥지를 떠난 세월
이리 보고 저리 보아도
숫자 인생
별처럼 달처럼 가는 길.

이 한밤에 / 이호영

비 오는 조용한 밤
음악에 취해 흥얼거리고
멜로디에 소리쳐 본다.

뒤를 돌아보니
어린 시절부터 지금까지
강산이 많이 변했다.

이제부터 5차원의 시대
꿈같은 일들과 망상
시대의 흐름이 빠르다.

앞뒤가 없는 문화
순번이 없는 서열
세월은 유수와 같다.

외로이 홀로서기를
참 쓸쓸한 밤이었기에
서서히 눈을 감아 본다.

인생 열차 / 이호영

인생을 달린다고 빨리 가나요
천천히 간다고 바뀌나요
어차피 주어진 인생길
달리는 열차에 몸을 실어요.

울어도 웃어도 보며
쓴맛 단맛
무엇인들 인생 다 그런 거죠
평행선 달리는 인생 열차

꽃은 피고 지고
인생길은 끝이 없고
웃고 놀다 먹고 가는 세월
삶은 한번 가면 끝이네요.

지금도 열차는 달리고
언제 멈출지 모르지만
다 하는 그날까지 넘치도록
가는 열차 행복을 심어줘요.

코로나19 / 이호영

하늘은 잠재우고
잔잔한 바다는 수평선
수많은 가지 흔들리며
온통 지상에 아수라장이네.

어찌 이것이 나만의 일인가
이웃집 이 동네 저 동네
지상 천하가 따로 없고
이제 고삐를 풀고 방목하네.

일상생활이 음악처럼
리듬 타는 많은 굴곡
시냇물처럼 유유히 흐르며
막히면 돌아간다네.

코로나19
박자에 맞춰 손뼉 치면서
웃고 놀며 퍼즐 놀이하듯
하나씩 풀어 가보세.

시인 임미숙

▶ 〈약력〉
대한문학세계 시 부문 등단
(사)창작문학예술인협의회 회원
대한문인협회 서울지회 정회원
시집 : 사랑 너 어쩌면 좋니
공저 : 들꽃처럼 2집, 3집, 외 다수

▶ 〈시작 노트〉
우리에게 소중한 것은 지금-여기(here and now)에서
자기 삶에 최선을 다하며 현실을 있는 그대로 수용하며
그 안에서 행복을 누리는 것이 아닐까 합니다
반짝이는 햇살 아래 속삭이는 연둣빛 잎사귀
겸손하게 고개 숙여야 보이는 풀꽃의 미소
소소하고 순박한 것의 진가를 볼 수 있으면
상처받은 마음 치유하는 묘약이 됩니다
마음이 번잡할 때 시와의 산책으로 잠시 마음 내려놓을 수 있는
여유로움, 그것과 교감하며 진정한 자아를 만나
정갈한 마음 담을 힐링의 뜨락이면 좋겠습니다

사랑 너 / 임미숙

가시 돋친 내가
너를 아프게 할까 봐

아니
여린 꽃잎 같은
내 가슴 멍들까 봐

잊으려 하면 할수록 따스한 눈빛으로
밀어내면 낼수록 한결같은 손길로
등 뒤에서 살포시 감싸주는 너

걸어가는 발걸음은
어느덧 뛰고 있고
작은 풀꽃을 보아도
살랑이는 나뭇잎만 보아도
웃음이 절로 나는

생각 따로
가슴 따로
몸짓 따로

사랑 너
어쩌면 좋니

능소화 / 임미숙

그대 뉘 그리워 그토록
강렬한 입술을 가졌는가.

따가운 오뉴월 햇살
애증의 넝쿨 담장 타고 넘어
한 맺힌 그리움 토해내면
누가 쉬 잠들 수 있는가

천상에서만 피고 지는 꽃
어찌하여 지상에 내려와
여리디여린 소화를
능멸하려 하는가

비 개인 하늘
청초한 그리움
끝내 이루지 못하고

툭
떨어진
한 떨기 열정이여

인연 / 임미숙

마음속에 예쁜 사랑
하나쯤 품고
사는 것도 설렘이다

속내 털어놓을 친구
하나둘 엮어
가는 것도 기쁨이다

스쳐 간 사연
한 자락 추억하며
사는 것도 행복이다

살아가는 동안
수많은 만남과 이별
아름다운 기억으로 남은 사람들

쓴소리하고 멀어진
그 사람이
귀한 인연이었음을….

팔월의 솟대 / 임미숙

그대는
팔월을 어찌 보내고 계시나요

인생의 중반을 지나
삶의 절정기를 맞이한
중년의 위치와 닮은 팔월

접시꽃 같은 강렬한 열정
해바라기의 간절한 동경
능소화처럼 애절한 사랑

별 무리 쏟아지는 노년의 한여름 밤
일생을 함께한 사람과 도란도란 말벗하며
인생의 팔월은 행복했다 회상할 중년의 소망

황혼의 길목에서
아름답고 여유롭게 추억할
그날을 위해

그대는
팔월을 어찌 보내고 계시나요.

시인 장선희

\<작품목록\>
1. 만추
2. 부부의 길
3. 하루의 행복
4. 히스테리

▶ 〈약력〉
대한문학세계 시 부문 등단 「바다」
대한문학세계 소설 부문 등단 「딸의 고통」
(사)창작문학예술인협의회 회원
대한시낭송가협회 정회원
대한문인협회 서울지회 정회원 / 총무국장

〈저서〉
개인시집 『꿈의 바다』 2018년 출간

〈공저〉
"들꽃처럼" 제2집~3집, 2020 "명인명시 특선시인선"
2018 "별숲에 시를 심다"

〈수상〉
2013 방송대 수용문학상 단편소설 우수상
2016 이달의 시인 선정
2017 순우리말 글짓기 공모전 장려상
2018~9년 향토문학 작품 경연대회 동상
2019 한국문학 베스트셀러 우수상
2019 금주의 시, 좋은 시 선정
2019 한국문학 향토문학상

만추 / 장선희

오색찬란한 손짓의 절경
설레는 맘 유혹에 달려가니
구름에 걸린 마른 단풍 바람에 떨고
먼 길 재촉하지 않으려 침묵한다.

가뭄에 메마른 붉은 단풍은
제 색을 찾지 못해 웅크린 모습
먹구름 흩어지는 촉촉한 가을비에
비추는 햇살 따라 물들어간다.

호수에 나부끼는 갈대의 풍성함은
찬바람 막아주는 포근함에
느지막한 저녁노을 붉히며
우리의 사랑도 천천히 익어간다.

마주 보는 그윽한 국화 향에
묻지 않아도 대답하지 않아도
너와 난 순결한 마음 그대로
만추에 걸린 아쉬움도 잊었다.

부부의 길 / 장선희

처음 인연으로 만난 날
이 세상 전부 사랑이고
이 세상 전부 행복이었다.

무작정 들어와 버린 마음은
새로운 세상에 목숨 걸고
하나 보다 둘이 낫다는 믿음에
함께 가는 미래 인생을 걸었다.

곧은 길 앞에 두고
지그재그로 갈 수밖에 없는
어긋나는 길 가고 있을 때
자신을 사랑하자 다짐하며
더 먼 시선에 위로받았다.

눈앞에 험난한 굴곡일 때
잃어가던 세월 속 형상은
피폐한 몰골에 당황했지만
강직한 자신에 강해졌다.

긴 세월 지난 인생은
환상 아닌 현실을 알고
최고의 평화를 기원하며
오늘도 최상의 하루를 보낸다.

하루의 행복 / 장선희

아침햇살 따라 창문 열고
가로수에 마주친 청초한 벗나무
서로의 안부를 전한다.

신록의 자랑을 걸러내고
달달한 커피 한 잔으로 충전하며
슬며시 미소 띠는 자신을 본다.

하루의 일들 떠올리며
그 속에 합류할 생각은
기뻐서 널을 뛴다.

가끔 파편처럼 떨어지는 조각들
고심하지 않고 털어버리려
이 순간 이대로 자청한다.

다독이며 살아온 내 삶이
이만하면 잘 살았다고
다른 이의 가슴 속 들여다보기까지
진행하는 노력에 칭찬한다.

평생 살아온 세월에
비탈길 따라 올라간 산등성이처럼
도착점에 정상까지 이르면
만사 행복이라고 마음껏 외친다.

히스테리 / 장선희

아주 작은 일에 눈물 나고
별거 아닌 일에 근심 한가득
의욕이 절대 없습니다.

나이 드는 세월이
한스러워 공허하고
만나는 사람 보면
잇속만 따지는 인색함입니다.

자신부터 고치면 될 것을
생각하고 잊으려 하지만
체증처럼 거북해서
불면증만 더 친해집니다.

결국, 돌아오는 건
몰려드는 먹구름에
옹졸하게 멍든 가슴으로
흔적의 상처만 커졌습니다.

시인 장수연

▶ 〈약력〉
대한문학세계 시 부문 등단
(사)창작문학예술인협의회 회원
대한문인협회 서울지회 정회원

▶ 〈시작 노트〉
그렇게 다시
주황색 잎이 하나둘씩 떨어지고
짙은 가을빛 융단 위를 걷노라니
내 하얀 옷에도 어느새 물이 든다
힘든 봄의 시절도, 질풍같은 여름의 시절도 가고
끝나지 않는 역병의 끝자락에서
다시온 계절을 담담히 맞으며
이제는 작은 희망을 가져본다

나의 가나안 / 장수연

광야의 풍랑을 거치고
인도자를 통해
정복한 승리의 안식처

요단의 서편
이곳에서
하늘의 기업으로 받은 평안을 누리리라

여기서
그루터기의 거룩한 씨로
축복의 열매를 맺기 원하며
허락해주신 이 동산에서
높은 곳을 사모하며
날마다 노래하고 춤추며
기도하리라

아픈 해바라기 / 장수연

햇볕 보며 미소짓던 해바라기
평온한 삶을 노래하듯
큰 키로 노래하던 꽃인데
아침에 불어온 엄청난 바람을
이기지 못해
고개를 숙이고 만다

몸부림치며 아픔을 견디고
쓰러지지 않으려고
애쓰고 있다

이 바람이 지나가면
찢어진 커다란 잎과 가지를
추스르며
새로운 힘으로 고개를 들겠지

우리 인생처럼
환희도, 고통도, 애증도 겪으면서
일생을 살아가듯이..
언젠가는 잘 견뎌주었다고 스스로를 위로하면서..

광복동 단팥죽 / 장수연

거친 손으로 국자로 하나 가득
인절미 숭숭 썰어
이 빠진 사기그릇에 담아
던지듯 건네는 단팥죽

딱딱한 나무의자도
비 뿌리는 천막 지붕도
욕을 섞어가며 큰소리로
손님을 부르는 할머니도
이 맛을 보면 참을 수 있다

고향에 오면
젤 먼저 생각하는 것

"아직 그 자리에 있을까?"

석양 이후 / 장수연

배접하듯 큰 붓으로
하늘 한 켠을 칠하고
걸친 구름이 발갛다

덩달아 비친 수면도
핏빛으로 춤을 추고
미처 피하지 못한
작은 고기들은
오리들의 밥이 되니
두루미는 부러운 듯
목을 구부린 채
기다란 입만 벌리고 있다.

채색된 하늘에
다시 먹물이 뿌려지고
깜깜한 세상이 되어
바다도 숨을 죽인다

이렇게 석양 이후 하늘은
새날을 기다리며 깊은 잠을 잔다.

시인 장용순

<작품목록>
1. 흐린 하늘
2. 젊은 날의 미소
3. 마음이 그리는 그림
4. 통일전망대에서

▶ 〈약력〉
대한문학세계 시 부문 등단
(사)창작문학예술인협의회 회원
대한문인협회 서울지회 기획국장

〈공저〉
움터 제 6호, 들꽃처럼 2집, 들꽃처럼 3집

▶ 〈시작 노트〉
삶의 무게는
나를 누르고
펴는 허리는 아파도
아직 오지 않은
아름다운
날을 위하여
부는 바람~~
그런 바람처럼
살고 싶다.

흐린 하늘 / 장용순

먼 하늘 너머
해가 구름에 가려
깨끗한 도화지처럼
하얗게 펴면

그리운 소식은
들리지 않고
바람에 꽃잎
하나씩 날리네

마음으로 바라보는
흐린 하늘은
아름다운 추억들이
그려지고

바람 불어
외로운 사랑은
흔들리며 피는
꽃이 됩니다.

젊은 날의 미소 / 장용순

너를 생각하면서 걷는 길
발길에 밟히는 낙엽의 소리
바람처럼 흘러간 세월 속에
구름처럼 흘러간 기억들

너의 미소 떠올라 멈춰서
하늘을 보면 밝은 둥근 달
너를 보낸 아쉬운 기억들이
보석처럼 빛나는 별이 되고

너의 모습 보고 싶어 돌아보면
안개에 쌓인 산 굽잇길
슬픔이 돌아간 곳에 어리는
아름다운 젊은 날의 미소

마음이 그리는 그림 / 장용순

마음이 가는 곳에도 길이 있다
산길도 가고 강도 건넌다
길 끝에는 파도가 넘실대는
바다가 있다
배를 타고 떠나는 항해
나침반이 가리키는 곳에
네가 있다
갈매기 날고 구름이 머무는 곳
한적한 섬에 네가 살고 있다
마음이 그리는 곳에는
언제나 네가 있다
마음이 부르는 노래엔
언제나 네가 있다
시는 마음이 그리는 그림
오늘도 나는 너를 그린다.

통일전망대에서 / 장용순

한강의 끝 망원경 좁은 구멍
북쪽에도 사람의 숨결은 느껴지는데
기러기 날아가는 하늘에도
보이지 않는 철책선 있다

수많은 이산가족을 나누고도
유유히 흐르는 무정한 임진강
오백 원 넣고 시간 지난 망원경처럼
깜깜한 분단의 세월이 간다

마음껏 만날 수 있는 날은 언제인가
제적봉 위에서 바라보는 북녘은
여느 시골과 다름없이 정답건만
칠십 년 긴 세월 금단의 땅이 되네

'그리운 금강산'이
언제 잊힌 노래가 될까
오늘도 이산의 아픔은 휴전선 너머
온정각 만남의 장소로 이어지는데.

시인 장종섭

▶ 〈약력〉
대한문학세계 시 부문 등단 (2017년)
(사)창작문학예술인협의회 회원
대한문인협회 서울지회 정회원
2018년 금주의 시 선정

행복 / 장종섭

녀석이 자꾸 따라오네
싫다구 떠나더니만
이제는 졸졸졸
따라다녀요

그래서
물어보았죠
왜 그리
따라오냐구

대답은
간단했어요
너에 웃는 모습
마냥 좋아서.

연정 / 장종섭

꽃이
흔들리듯

내가 그대 맘
흔들었나요?

아니
아니에요

꽃에
맘 붙들린

바람이
흔들리고 있어요.

어머니 / 장종섭

잘못을 매질할 때 보다
당신의 글썽이는 눈물이
떨구어질 때 그 아픔이 큽니다

무성한 숲 세상에서
헤매게 되었을 때
아가야 부르는 음성을 생각하면

잡초들도 허리를 낮추고
길을 만들어 주었습니다

날마다 불러보는
어머니!
어머니!

만남 / 장종섭

마음으로 만나니
기쁨이 솟고

생각 속에 만나니
그리움 커지고

꿈속에서 만나니
어쩌나 어쩌나 .

시인 장지연

 ▶ 〈약력〉
대한문인협회 신인문학상 수상(시, 등단)
샘터문학 신인문학상 수필/ 산문시 대상 수상
글벗문학회 회원
(사)창작문학예술인협의회 회원
2019 서울시 시민 지하철 안전문 공모시 선정
공저: 〈 짧은 글 긴 호흡 〉, 〈 바람의 운명 〉 외 다수

▶ 〈시작 노트〉
상수리 열매가 떼구루루 굴러 떨어지면
지나던 청설모가 힘을 모아 자기 은신처로 옮겨 보관하는 가을
단풍이 물들고 바람이 하얗게 새면
지나던 시인이 언어를 모아 노트에 옮겨 적는 노래
자연의 흐름에 순종하며 세월의 무상함을 곱게 보관하는 작업
이것이 글을 쓰는 사람의 소명이 아닐까 싶다.
어려운 시기에도 희망과 사랑의 씨앗을 잘 키워내는 일
한 수의 시로 마음 밭을 일구는 일
나는 마음에 씨를 뿌리는 일에 게으르지 않고 싶다.

셀라비 / 장지연

신의 기운이 광풍을 몰고 와
한풀이 쏟아 내며 휩쓸어 버린
황망한 삶의 터
쓸어가 버린 희망 뒤의 절망의 눈
그 후 바람은 잠들어 버렸다

하늘은 더없이 맑고 화창하다
아픔이나 두려움 따위는 몰라라
새소리 청명하고
바람은 산들산들 능청스럽다

모르는 척 백치미를 흘리는 하늘이
어제의 하늘이 아니라며
두루마리구름을 타고 유랑을 한다
무너지는 가슴이 있거나 말거나

오월 장미에 붉게 물들던 마음이
시월 단풍으로 다시 붉게 물들어 타들어 간다
엄동설한엔 그마저 덮어버릴 테지
아파하는 마음이 울거나 말거나

* 셀라비 : 그것이 인생이다

동백 아가씨 / 장지연

눈으로도 가릴 수 없는 붉은 얼굴

속눈썹에 투명한 눈물방울 맺혀

송이송이 매달린 설중 동백화야

하얀 원피스에 동백꽃 들고 수줍은 발걸음

얼굴 따라 물들던 열아홉 순정

새색시 우리 언니를 기억하니

꽃잎보다 붉은 맘 눈밭에 두고

유난히 탐스러운 동백이 피었던 어느 해

흐드러진 꽃길을 지나 시집을 갔단다

가을 미소 / 장지연

길가에 메리골드 탐스런 노란 미소
기다리는 행복은 끝끝내 오고야 만단다
햇빛을 머리에 인 여인 순박한 하얀 미소
보고픈 그대를 기어코 보고야 싶어라

가을이 좋아서
아낌없이 미소 짓는다
가을이 고와서
노랗게 피어 버렸다

지나던 소슬바람 싱그런 파란 미소
아무리 힘들어도 당당하게 살란다
내려다보던 낮 꽃 포근한 빨간 미소
이쁜 맘 곱게 익으면 소중히 지키리라

그대가 좋아서
해그림자 미소 짓는다
그대가 고와서
불그레 물들어 버렸다

아무도 모르게 / 장지연

혹시 내 우울함이 물들어
빨갛게
툭 떨어지거든
가을아
네가 단풍으로 덮어 주렴

혹시 내 눈물이 물들어
노랗게
똑 떨어지거든
가을아
네가 은행잎으로 덮어 주렴

혹시 내 사랑이 바래서
하얗게
살포시 떨어지거든
겨울아
그땐 네가 눈으로 덮어 주렴

시인 정복훈

▶ 〈약력〉
대한문학세계 시 부문 등단
(사)창착문학예술인협의회 회원
대한문인협회 서울지회 정회원
대한문인협회 서울지회 기획차장
시를 꿈꾸다 문학회 회원

〈공저〉
시를 꿈꾸다
시를 꿈꾸다 2

▶ 〈시작 노트〉
시골집에 왔다가 초등학교 때 통학했던 산길 보니,
몇 해 전 돌아가신 아버지 생각에… 그 넓은 산길을 낫으로 베며
고생하셨을 아버지 생각하며.

사랑 / 정복훈

길
산길
등굣길
찬 이슬에
무릎이 젖고
풀독이 올라서
가렵고,
덧이나 피가 나면
어머니 약 발라주고
아버지 괜찮다
그 정도론 안 죽는다 말씀하셨다

철마다
해마다
그 산길 풀이
베어지고
잔가지 쳐져서
비단길이 되었다.

더는 풀독으로 고생하지 않았다.

사랑 2 / 정복훈

또 그렇게 한참을 서 계십니다
백미러에 어머니 모습 점점 멀어지고
내 눈에 눈물 맺히지만
건강하심에,
식사 잘하심에,
지팡이 짚고 거동하시지만,
거동하심에 그저 감사하고, 감사한 마음입니다.

시장에 간 어머니를 기다리던
어릴 적 나처럼
지금은 어머니가 나를 기다리실 텐데
멀다고,
사는 게 바쁘다고 자주 찾아뵙지 못합니다
어머니 보고 가는 오늘 내 마음 가볍습니다
사랑합니다
사랑합니다.

너를 만나러 간다 / 정복훈

담는다는 것
품는다는 것
그대를 가슴에 담고, 품는다는 것이
어찌 좋은 일, 기쁨만 있겠는가?

내 외로움도 그대 눈물도
내 아픔도 그대 외로움도
온전히 가슴에 담고, 품어 함께 함일 것이다.

외롭지 않게, 그대 외롭지 않게
슬프지 않게, 그대 슬프지 않게
아프지 않게, 그대 아프지 않게

내가 그대를 지키고,
그대가 나를 지킴일 것이다.

내 모습 그대로
그대 모습 그대로
오래된 친구를 만나듯
너를 만나러 간다.

물들어 / 정복훈

사랑해........
그 말이 나를 물 들이다.

늦가을
보문에서 함께 보았던
그
단
풍
잎처럼
내 마음 곱게 물들이다.

나 그대에게 물들어, 물들고
그대 내 품에 안겨 꿈을 꾼다.

시인 정설연

<작품목록>
1. 욕망의 군무
2. 빛의 익명성
3. 마른 잎의 버스킹
4. 고독의 잉여

▶ 〈약력〉
(사)창작문학예술인협의회 이사
대한문인협회 서울지회 정회원
현대100주년 기념 전국시인대회 대상
미당서정주시회문학상
한국문학비평가협회문학상
제1회 안정복문학상대상
현재 낭송가와 작사가로 활동중

〈시집〉
『내 마음의 자명고(自鳴鼓)』
『고독이 2번 출구로 나간다』

〈시낭송 앨범〉
『제1집 조금은 아파도 괜찮습니다』
『제2집 그대 고맙습니다』
『제3집 모두가 사랑이에요』

욕망의 군무 / 정설연

기억을 새겨 넣은 흔적의 날개가
모퉁이를 돌아 감각을 누인다
둥그런 품 안쪽의 두께를 긁어
무늬를 넣는 들숨과 날숨이
틈 사이로 문을 만들어 놓는다

구름을 업은 익숙한 골목을 지나
맥박 속을 돌고 있는 마른 소리가
심장의 모퉁이를 돌 때쯤
여름 볕과 겨울 추위의 경계에서
품었던 호흡의 떼들이 날개를 펼친다

뭉쳐있는 것들이
비상의 호흡을 공중에 띄우고
지상의 늑골 깊숙이 가뒀던
미로를 비집는 허공의 무늬에
열꽃 같은 길을 낸다

빛의 익명성 / 정설연

닫혀있던 꽃잎들이 피어날 때
세포 속에 있는 파장이 노출되며
선腺을 자극한다
숨의 둘레를 맴도는 빛의 손금은
끌어당긴 색을 오므렸다 폈다 한다
잎의 덮개 안에 들어 있는 투명한 배열
맥락의 이탈을 덮어 주는 맨살 보호막이다
간격과 간격 사이를 껍질째 꿈틀거리며
둥글게 웅크린 묘사는
안과 밖의 붉은 숨을 봉긋 내쉰다
암막 커튼을 여닫으며
빛과 어둠의 경로 어디쯤에서 눈시울은
뼈가 없는 것들이 벗어놓은 신을 신고
너머의 곳으로 걸어간다
임파선처럼 퍼져 있을 후끈거림이
이름을 부른 것 같다
속눈썹에 당겨지는 빛의 능선 너머로
귀잠 들었던 천리향 꽃이 피었다

마른 잎의 버스킹 / 정설연

나뭇잎을 뒤집는 소리

얼마나 마른 것들일까

팽팽한 것들이 빛을 삼키고

마른 호흡 속에서 등을 구부린다

잎맥의 경계를 디디고 서 있는 세계는

그 속에 나무뿌리를 닮은

길을 남겨놓고 있다

구름의 발자국도 찍혀있고

얇은 테두리를 둥글게 감싸고 있는

햇살의 마른 무늬도 있는

열두 달의 비바람을 보듬었을 안쪽

모퉁이를 돌아오는 감각들이

콘크리트 바닥에 몸을 대면 뻐근하다

마른 잎 들숨에서 만들어지는

안쪽 모양의 웅크림에

걸음을 멈추고 소리를 듣는다.

*버스킹 : 길거리 공연

고독의 잉여 / 정설연

마른 것이 물기를 머금어 부풀어 오를 때
틈을 비집는 유영이 올라와 목젖에 달라붙은 채
물의 등뼈는 발등 위로 고개를 숙인다
사는 일이 가득 고인 것들의 거품으로
무릎을 모으고 한 무더기 그늘을 적신다
쪼그리고 앉아 스밀 수 있는 무늬에 갇히면서도
눈꺼풀에 올라가는 시간의 발걸음 소리가
충혈된 눈으로 마중을 한다
등 휘도록 붉음을 받쳐 이고 있는 직립의 꿈
움츠리는 것도 엉겨 붙는 것도 유배당한 내 단어다
활자로 튕기는 문장의 빛이 따가움을 잉태하고
밑줄 친 고독에 더운 물살로 찰랑거린다
안에 있는 것들의 숨소리가 들린다

시인 정옥령

▶ 〈약력〉
대한문학세계 시 부문 등단
(사)창작문학예술인협의회 회원
대한문인협회 서울지회 정회원
시를 꿈꾸다 문학회 정회원

▶ 〈시작 노트〉
끝없는 갈대의 유혹
하이얀 함성의 물결
그 속에 내가 있다
바람이라는 이름으로

그리움 / 정옥령

아름다운 꽃이여
그대 비 내음
그리워하는가?

아름다운 꽃이여
그대 삐죽한 고개로
무엇을 그리워 하는가?

아름다운 꽃송이
한 풀 한 풀 떨어뜨려
온 천지에 그대 향기

난 외롭다네
처절하게 그대를 찾는
나는

그런데
그대는
누구를 외로이 그리워하고 있는가?

익숙하지 않은 밤 / 정옥령

익숙하지 않은 밤에
익숙한 카페라떼의 향에 이끌려
베란다 한 켠에 자리 잡은 찻집과 마주한다

가로등 위로 늙은 고양이의 애기울음은 그칠 줄을 모르고
잠자다 일어난 젊은 수컷은 낑낑대며 무릎을 연신 핥는다
두 눈엔 잠이 가득 들었건만
할멈이 걱정되었던지 곁을 떠나지 못하고
마주쳐 올라오는 후덥지근한 열기를 그대로 마주하고 있다

수컷은 지나가는 발자욱 소리를 쿵쿵대며 깊은 한숨을 내 쉬고
할멈은 홀짝홀짝 커피 한 모금에 비루함을 묻으면서
가끔씩 창틀 사이로 새어 나오는 웃음소리에
고개를 있는 대로 젖히곤 눈알이 빠질 듯이 쳐다보며
희멀겋게 입가를 움찔거린다

타지에 그것도 늙은 여자 혼자서 지낸다는 것이
낯선 이들의 시선에서 자유를 찾으려 애써 외면하는 몸짓이
청량한 맥주 한 모금에 이토록 가슴을 떨게 하는지
그것도 깜깜한 이 오밤중에 느끼게 하는지 참 모를 일이다

낯선 밤 낯선 공간 속의 호흡과 함께 찾아온
축축하고 후덥지근함 속의 낯선 이 편안함은 무엇일까?

들꽃 / 정옥령

바람에 흔들려

살풋한 모시 적삼 사이로

젊은 어미의 젖가슴을 훔치는구나

너의 내음에 고개 숙였으나

바람이 먼저 젖내를 훔쳐 달아나는구나

어디로 어디로가 너를 품어 줄까나

어디 어디에 떨어져

젊은 어미의 한을 담금질 할까나

늙은 할멈의 손은

아랫목 청국장을 더듬고

젊은 어미의 한숨은

잠든 아가의 콧망울에 흐드러져

쓰러져 있는 하이얀

목화를 훑어 내리느라 바삐 움직이고

바람이 보듬어다 준 작은 생명을 끌어안는구나

생명 / 정옥령

보도블럭 틈 사이로
가녀린 붉은 꽃
들숨과 날숨을 연거푸 피워낸다

뜨끈한 아스팔트의 아지랑이
흙내음 사이로 삶의 이끼를 끌어안고
고단한 태양의 그림자 따라 바람을 가른다

척박한 땅 깊숙이 뿌리를 내려
꽃을 피우고 씨방 아래 붉은 수줍음
하이얀 눈발을 마중한다

시인 최미봉

▶ 〈약력〉
대한문학세계 문예지 신인 문학상
(사)창작문학예술인협회 회원
대한문입협회 서울지회 정회원
사단법인 동양화 꽃꽂이 협회 작가
사단법인 서양화 꽃꽂이 협회 작가
서양화 꽃꽂이 작가
(일본 마미수쿨 졸업)

▶ 〈시작 노트〉
머나먼 산모롱이 이고가는 갈바람
초원에 꼭꼭 박힌 내동댕이친 쑥부쟁이
빛바랜 구절초 내 마음 흔들어 놓고
붉어진 가을 길 타다 남은 허공엔
힘없이 풀꽃 씨 풀풀 날릴 뿐

녹녹해진 빨간 단풍잎
하나둘 남루함이 빈둥거릴 때
어질러진 길섶 바라보니 또 다른 세월의 맵시
쏟아붓는 새로움에 글벗도 춤추며
샘솟는 등꽃이 되어 영글어가는 들꽃이 되어간다.

시인의 길에 섰을 즈음 / 최미봉

사 분의 일의 삶이라면
머뭇거리고 있을
나와 상관없는 일에 잡혀
허우적거리고 있는지도 몰라

꿈은
옷섶 끝자락 둥글리며 가듯이

지루했던 것
막혀 버렸던 것 헝클어졌던 것
모두 사랑으로 둥글리는 거야

얻을 것을
무게에 두지 말고 그냥 둥글리는 거야

싱그러움을 즐기고 가다 보니
울창하도록 깨닫는 여유가 꼭꼭 박히더라

나에게 들뜨게 했던 초심
자신감도 몫으로 받아들이며
단순함을 배웠던 그토록 추웠던
12월 단상에서

한계도 아닌
끄트머리를 그었던
삶에 주인공은 바로 나였는데

시인의 삶은 둥글리는 거야
그 누구도

글 쓰다 막힐 땐 덮자 / 최미봉

감성이
메마르다 해도
돛을 올려야 하는 때를 알고
내려야 할 때를 아는 나그넷길

여울목 그려가는 잔잔한 삶은
변화 없이 사랑을 안은 채
행복한 마음이
차곡차곡 싸여만 가는 하룻길

출렁거리는 자연을 바라볼 수 있는
바다 건넛집들도 보이는 푸른 바다엔
빛바랜 요트가
비좁게 공간을 채우고 있다

이민 온 지 딱 한 달 / 최미봉

여행 온 기분으로
산책하다 보면
웃음 머금은 환한 사람 만난다
마음이 확 열려있는
보석 같은 친절함의 인사
삼일 걸렸던 헬로우^^ 하이!
동네 한 바퀴 돌다 보면

언제 붙어 인지 느긋해지는 웃음
먼저 인사할 여유도 생겼다

걸으면 걸을수록
부딪히는 해맑은
들꽃이 만발한 가을 공기에
골목마다 만나는 예쁜 집
일렁이는 햇살 나지막하다

막다른 길목
물오른 통통한 갈대들
주절거리는 새소리
소중한 시간
경이로운 아름다움은
기운을 쏟게 하는 나의 비타민

여보 나 꽃님이 / 최미봉

영원히 함께하자는
반짝거리는 눈빛이 엊그제 같은데

어느덧 희미하게 보이는
그때 약속을 들춰 보고 있다

때로는 하나둘 감추어 버린
빛바램이 멋져 보이고

한 겹 두 겹 쌓인
계절에 변칙이 아름답게만 보이는 시간

낙엽을 떨구는 차가움보다
두루두루 나누어주며 함께했던 사랑

부족한 것이
많은 것 같아도 늘 멈추지 않고

격려를 아끼지 않던 멋진 후원자

흐뭇해지는 미소로
포도 알갱이처럼 용기 주는 풋풋했던 사랑
글쓰기 전
아낌없이 주던 격려의 말 지극했었던 당신

잃어가면 갚아먹는 세월이었다 해도
당신은 나의 힘이었어요

시인 최언주

<작품목록>
1. 하늘의 구름은 마음의 거울
2. 비가 와 좋은 날엔
3. 바보 같은 사랑
4. 그대 왜 주춤거리나

▶ 〈약력〉
대한문학세계 시 부문 등단
(사)창작문학예술인협의회 회원
대한문인협회 서울지회 정회원

하늘의 구름은 마음의 거울 / 최언주

블루 빛 하늘 가에
하얗게 수놓은 마음의 거울
언제나 그랬듯이
첫눈을 뜨면 마주 보는 하늘은
내 마음 닮은 거울 같은 구름입니다

때로는 한없이 평화롭다가
때로는 철없는 아이처럼 방황도 하고
때로는 아무것도 아닌 것처럼 태평도 합니다

내 마음 또렷이 들여다보는
하늘을 보면 내 하루가 보여 좋습니다

어쩌면 나는 마음 닮은 하늘을 보며
웃음도 배우고 부끄러움도 알게 되고
사랑하는 법도 배우며 사는지도 모릅니다

그래서 저는
용서하는 법과 배려도
배우게 됐는지도 모르겠습니다

비가 와 좋은 날엔 / 최언주

비가 오면 말야
난 혼자 있는 게 참 좋아

네가 곁에 없더라도
여기저기서 너의 향기가 가득하거든

그 향기 따라 따스한 커피라도 마시면
너의 향기에 취해 외롭다가도
금방 행복해져

그래서 말인데
오늘은 나와 따뜻한 커피 어때

난 이렇게 항상 너와 함께인데
넌 언제나 날 찾아 헤매고 있는 거니

너도 말야
비 따라와 주면 안 되겠니

빗속에서
서성이지 말고 그냥 와
이렇게 비가 와 좋은 날엔...

바보 같은 사랑 / 최언주

사랑한다는 말 한마디
하지 못하는 바보 같은 사람

몰래 사랑 꽃피우다
그 사랑 꽃 짓무르게
눈물만 흐르는 바보 같은 사람

그 사랑과

몰래 고운 정 쌓고
몰래 미운 정 쌓다
덜컥 병이 나버린 바보 같은 사람

그대에게
해바라기 사랑 바치노라 한다
바보 같은 사람이...

그대 왜 주춤거리나 / 최언주

날아갈 수 없는
사랑의 날개를 달고
소리 없이 흐르는 빗물을 본다

잿빛 하늘 먹구름은
무언의 흐름을 지니고
까슬까슬하게 잘도 가건만

웃음 짓지 않아도 사랑이라
후드득 쏟아낼 것 같은 표정도
사랑인 것을 어찌 말로 다 할 수 있겠는가

그냥 말없이 손잡고 거니는 오솔길엔
바람도 끌어안고 초록 향기도 쉬어가는
작은 벤치에 앉아 사랑을 노래하는 거지

절레절레 고개 흔드는 거짓과
쿵쾅대는 심장 소리의 진실은
둘은 사랑이라 하지 않은가

그대 왜 주춤거리나

206

시인 최정원

▶ 〈약력〉
대한문인협회 정회원
(사)창작문학예술인협의회 회원
(사)종합예술문예 유성
대한문인협회 서울지회 정회원
한국 신춘문예 회원, 열린 동해문학 회원
한국 음악 저작권 협회 정회원
대한민국 가곡 작사가협회 정회원
대한문학세계 신인문학상 수상
동해열린문학 신인문학상 수상
한국 노벨제단 주최 서울시의회 의장상 수상 (2020)
문학신문 주최 림영창 문학상수상 (2020)
3.1절 100주년 기념 도전한국인 문화예술지도자 대상 수상(2019)
(2018)대한문인협회가 추천하는 명인명시 48인 시선집 선정
이달의 시인 우수작 낭송시 다수 선정(10편)
(2018) 전국순회 특선 시화전 특선시 선정
(2018) 대한문인협회 한국문학 향토 문학상 수상
(2018) 순우리말 글짓기 장려상 수상
(2018) 대한문인협회 서울지회 신춘 백일장 경연대회 동상 수상
한국문학 겨울호 초대시인
〈동인지〉
대한문인협회 서울인천지회 들꽃처럼 3집(2017)
한국 신춘문예 작가회 여름호, 가을호(2017)
한국 신춘문예 작가회 봄호, 여름호(2018)
(사)종합문예성 문예지 다수 참여 4회 2019~2020

따뜻한 마음 / 최정원

내 마음 가득
사랑과 행복이
넘쳐난다면

그 기쁨과 행복
당신과 함께하고 싶습니다

미워했던 사람도
증오했던 사람도
마음속 그늘까지도

따뜻한 온기와
포근한 사랑으로
그대를 꼭 안아 드리고 싶습니다

국화꽃 / 최정원

가을 햇살에
진한 향기 뿜으며
화려하게 꽃피던
때가 있었습니다

시계바늘 흐르는 사이
시들고 누추하다 하여도
시도 때도 없이 벌과 나비들이
찾아오던 때가 있었습니다

사랑받고 또 사랑받던
화려한 시절

벌과 나비들이 떠나고
식어버린 바람이 몰려와
잃어버린 향기마저
가져가려 합니다

말라비틀어진 꽃잎은
차가운 바람에 떨고
어둠이 내린 밤하늘에
하얀 이슬이 내립니다

겨울 나그네 / 최정원

인적도 없는 그곳에
차가운 바람만이 친구인 듯
그 자리에 서서
쓸쓸함이 그대 마음을 흔들어 놓는다

내 마음은 늘어진 나뭇가지처럼
허공에서 떨고
고단한 나에 몸놀림은
비에 젖은 낙엽처럼 무겁다

힘들고 고달픈 나그네
하늘에 구름처럼 훌훌 떠나고 싶다

아무도 봐주는 이 없는 황량한 그곳에
허기진 모습으로
어디론가 또다시 떠나려
한 걸음 한 걸음 걷는다

하얗게 걸린 달빛 그림자
흔적 없이 지워가며
아픔도 허전함도 모두 다 안고
바람 부는 대로
푸른 벌판 강을 건너
난 오늘도 떠나가련다

마음이 아파서 / 최정원

하늘의 고운 달빛 그토록 밝을진대
마음이 허하로다 공허한 힘겨움이
떠나가고픈 이 신세 몸만 두고 갈까나

마음속 상처인들 그 누가 알아주랴
허망한 인생길이 잡초와 같을진대
망초에 한을 남길까 두렵기만 하여라

바람만 불어와도 쓸쓸한 이내 마음
아픔만 커져가니 슬프다 아니 한들
어이할 거나 이 마음 죽을 만큼 아프다

시인 한명화

▶ 〈약력〉
대한문학세계 시 부문 등단
(사)창작문학예술인협의회 회원
대한문인협회 서울지회 정회원
국제설봉예술협회장
한국문인협회정회원

▶ 〈시작 노트〉
지우개로 지워지지 않는 길
뚜벅뚜벅 걷다 보니 중년입니다.
바람이라도 붙잡고 얘기하고픈 시린 가을 날 흔적남기며
또 한해를 마무리 해갑니다.

삼각관계 / 한명화

나비는 꽃이 좋아
날갯짓하고 날아들고

꽃은 바람이 좋아
가까이만 오면
꽃대를 흔들고 반긴다

내 삶의 여백에 핀 꽃 / 한명화

고층 빌딩을 벗어나
자동차로 두 시간을 달려
자연 속 캠핑장에 도착했다
가슴이 열리고 마음이 붕붕 뜬다

맑은 하늘을 마주 보고 누우니
새들은 날아다니고
나무들은 한들한들 춤을 춘다

산딸나무의 넓은 진초록 잎사귀에
햇살이 껑충 뛰어내리고
부드러운 바람도 슬며시 그 위로 끼어든다

제멋대로 공중에 길을 만들어
나는 새들을 눈감고 따라다니다
잠시 고개를 돌리니
불쑥 올라온 들꽃이 눈인사한다

힘겨운 인생길
나의 삶의 여백 공간인
카라반 파크 유경 캠핑장에서
자연은 오늘도 지친 마음을 달래주고
꽃물 들이며 상처를 치유해 준다.

해장국 / 한명화

다슬기 다글다글
금천 강가 구르던 이야기들을
팔팔 끓는 물에 한 움큼 우려내고
녹색빛 국물에
부추 숭숭
뚝배기 한 사발

간밤의 대작(對酌)으로 세상 멸균하며
세상살이 고달픔을
목청 높여 의기투합한
그 기억들을 풀어낸다

오래전 어느 날을 쏙 빼다 박은 듯한
오늘의 아침은
아직도 비워내지 못한
미련의 속 쓰림일까

왠지 어머니가 챙겨주시던
조촐한 밥상과 거친 손마디가
오늘따라
그리운 날이다

모락모락 피어나는 하얀 김 사이로
밤새 눌어붙은 딱지들이
뜨끈한 국물의 간을 맞춘다

구월의 정원 / 한명화

가을바람 비틀거리며
산자락 넘어갈 때
길섶 모퉁이에 삐죽
얼굴 내민 연분홍색 구절초
안부 전한다

한들한들 코스모스
춤사위에
왕고들빼기꽃
가슴에 빗장을 열어둔 채
함께 웃음 짓는다

시린 햇살 아래
쑥부쟁이 벌개미취
가을 들꽃 향기에 흠뻑 취한
코끝을 대신해
나의 눈길,
꽃잎에 너그러이 앉는 구월

보고 싶은 얼굴
민들레꽃씨로 영글고
가을볕에 한껏 달아오른
옹기 독의 뜨거움처럼
그렇게 그리움도 익어간다

시인 홍진숙

▶ 〈약력〉
대한문학세계 시 부문 등단
(사)창작문학예술인협의회 회원
대한문인협회 정무국장
한국문인협회 정회원
대한창작문예대학 졸업
문예창작지도자 자격증 취득
〈수상〉
2019년 한국문학 예술인 금상
2017년 한국문학 베스트셀러 작가 우수상
2016년 한국문학 발전상
2017년~ 2020년 명인명시 특선시인선 선정
2016년~17년 순우리말 글짓기 전국공모전 입상
2015년~16년 한 줄 시 짓기 공모전 동상
〈저서〉 개인시집 " 천천히 오랫동안"
〈공저〉
누구에게나 처음은 있다 ,우리들의 여백, 들꽃처럼 제2집 제3집,
한국문인작가 창간호, 한국현대문학작가연대 무크지

▶ 〈시작 노트〉
찬바람이 낯설게 느껴지는가 싶었는데
벌써 절기로는 입동을 지나고 있다
시간의 빠름을 느끼며 지나온 시간들을 되돌아볼 이맘쯤
동인지 출간참여는 허전함을 채워줄 따뜻한 위안이 되었다
내년에는 더 열심히 정진하리라는 다짐을 해본다

천천히 오랫동안 / 홍진숙

아무도 알 수 없는 길로
시간을 전송하네

입구가 표시되지 않은 팻말
멈춤도 허락되지 않는
그 길을 따라 걸어가네

너무 자주 길을 잃고
돌이킬 수 없어
시간은 더 무거워져 갔네

저항할 수 없는 길들은
지금도 침묵하고
이미 잃어버린 길들은
죽어서 다시 새로운 세상이 될까

함부로 말할 수 없는
달콤하고 외롭고 깜깜하게
나를 삼키고 잠든 시간들

당신은 내게 있어 / 홍진숙

나지막한 목소리로
아침 인사 건네는
잠긴 목소리조차 멋있는 당신이고

마음결이 곱고
함께 한다는 단어의 뜻을
그 단어가 나타내는 속내의 깊이를
눈빛으로 느끼게 해주는 당신이고
동행의 의미를 그 몫을
말없이 지키고 있는 또한
당신이다

꾸베씨의 행복한 여행 표지 그림처럼
하늘을 나는 자전거를 타고
마음껏 함께 여행하고 싶은
그런 사람이고

노을의 잔영 뒷그림자처럼
곁에 있어도 그리워지는
그런 사람이다.

너를 모르고 있을 때 / 홍진숙

꽃그늘이 환하다
먼저와 기다리고 싶었던 상상의 습관도 눈을 떴다 단단함에서
갓 깨어난
발아의 몸짓, 먼 길을 떠돌았는데 변질되지 않았다
그때 그가 내 손을 잡았을까 그의 집에 갈 수 있는지 물어보면서
서로의 거리가 적막해질수록 상상의 습관은 깊어져 긴 시간이
흘렀어도
구체적이다. 낮은 목소리에 이끌려온
우리 집에 인사하러 갈래
가벼웠지만 비수처럼 아찔한 그 말이 닿았을 때
순식간에 사라질까 봐 챠크라 주문을 떠올렸고
오랫동안 기다려왔던 그 말이 자라기 시작했다
완전하게 닿을 수 없는 너머의 비애로 움은 여전했지만
뿌리가 되도록 나무로 건너가기 위한, 방향으로 발을 떼고 싶은
순간
우리 집에 인사하러 갈래
아프게 아려오는 그 말을 데려와 떠돌지 않도록 층층이 심어
놓기로 했다
그건 분명
너를 모르고 있을 때 그 거리가 가까워지도록 끌고 온 풍경들이
쓸쓸하지 않은 봄에 당도하는 것이다.

목련 / 홍진숙

조금씩 마침내 잠든 꽃들을 깨웠다
바람에 흔들릴 때마다
더욱 깊어져 오는 환함에 견디지 못한
묵언의 입술을 건드려
쏟아내고 싶었던 독설의 속내들이
밑감이 된 상처를 자르고 지켜낸 그 흰
해 그림자 길어져 한껏 차오른 그때쯤
일제히 치마폭을 펼쳐 보폭을 맞출 때
생 비린내 나도록 푸른 흰 옷고름 선
배어 나오는 슬픔 같은 흰을 이해했다.

[편집후기]

2020년 한 해의 끝자락에서 흔들리며 떨어지는 단풍의
아쉬움도 계절의 순리와 시간의 흐름에 순응하는 모습도
의미 없는 것은 하나도 없다는 진리를 생각하게 됩니다.

우리의 삶이 코로나의 위기 속에서 많은 부분 바뀌어가
는 초유의 사태 앞에 서 만나지도 못하는 아쉬움만 가득
한 2020년이 되어가고 있지만 이렇게 흘려보내기에는
아쉬운 시간 대한문인협회 서울지회의 동인지 들꽃처럼
제4집을 발간하게 되어 무엇보다 기쁘고 감회가 새롭습
니다.

코로나의 위기 속에서 문우님과 만남도 자유롭지 않아
답답한 심정에 의미 있게 동인지를 내보자는 지회장님의
의견에 모든 임원분이 동의를 하여 진행이 되었지만, 과
연 몇 분이나 참여하게 될지도 불확실한 상황 속에서 문
우님들 한 분 한 분 참여 의사를 밝혀오고 모든 국장님과
지회장님의 노력이 더해져 목표한 40분을 넘기게 되어
얼마나 기분이 좋았는지 모릅니다.

문학은 삶의 꽃이며 문학으로 정신적인 행복을 줄 수 있는 소중한 문우님들의 시를 한 편 한편 정리를 하며 저 자신도 많은 감화를 받았습니다.

지나고 나면 어려움은 행복한 순간과 보람된 순간에 다 지워지고 남은 것에 대한 감사일 것입니다. 편집의 어려움을 뒤로하고 『들꽃처럼 제4집』에 참여해주신 모든 문우님과 시간이나 여건이 되지 않아 참여치 못한 문우님들도 서울지회 일원으로 『들꽃처럼 제4집』이 발간되었다는 것에 자부심을 가져도 좋을 것 같습니다.

공통된 양식을 맞춘다고 일부 문우님들의 약력을 줄이는 경우도 있었지만, 이점 양해 부탁드리며 다시 한번 어려운 여건에서 소중한 원고를 보내주신 문우님들과 편집과 아이디어를 주신 지회장님과 임원분들의 노고에 감사의 뜻을 표합니다.

대한문인협회 서울지회 사무국장 **백승운**

대한문인협회 서울지회 동인문집

들꽃처럼
제4집

2020년 12월 15일 초판 1쇄
2020년 12월 18일 발행

지 은 이 : 강고진 강순옥 곽종철 김명시 김미영 김복환 김영수
　　　　　김정순 김정희 김종태 김진주 김혜정 문익호 박광현
　　　　　박목철 박상현 박진표 배삼직 백승운 염인덕 윤만주
　　　　　은　별 이고은 이둘임 이무정 이민숙 이은성 이주성
　　　　　이호영 임미숙 장선희 장수연 장용순 장종섭 장지연
　　　　　정복훈 정설연 정옥령 최미봉 최언주 최정원 한명화
　　　　　홍진숙

엮 은 이 : 곽종철

디자인 편집 : 이은희

기 획 : 시사랑음악사랑

연 락 처 : 1899-1341

홈페이지 주소 : www.poemmusic.net

E-Mail : poemarts@hanmail.net

정가 : 15,000원

ISBN : 979-11-6284-254-6